小田嶋隆と対話する

内田 樹

イースト・プレス

小田嶋隆と対話する

どうしてみんな歌わないんだろう？

――小田嶋隆が夫人に語った最期の言葉

目次

ブックデザイン　鈴木成一デザイン室
協力　岩根彰子

はじめに

小田嶋さんが亡くなって1年以上経った。私たちは日々ゆっくりと小田嶋隆の不在に慣れてきてしまっている。それでも何か出来事が起きるたびに「小田嶋さんが生きていたら、何と言うだろう。どれほど切れ味のよいコメントを加えてくれるだろう」と思うことは止められない。

親しい人がいなくなるというのは、そういうことだ。不在であっても、いくら不在が長引いても、「ここに不在が在る」(奇妙な言い方だけれど)と感じることは止められない。

こんな喩《たと》えを持ちだしたら、小田嶋さんは「やめてくださいよ。オレ、ウチダさんのそういうテツガク的な言い回しがキライなんですよ」と眉をひそめると思うけれど、「不在が機能する」ということはある。

メシアニズムがそうだ。

ユダヤ教の「過ぎ越しの祭り」では、食卓に預言者エリアのための席がしつらえられる。エリアのための席には皿が置かれ、カトラリーも並べられる。エリアはメシアの「先駆け」である。エリアが来るとそれに続いてメシアも到来する（ことになっている）。もちろん、この席に人が座ったことは過去3000年一度もない。帰納的に推理すれば、3000年間一度もエリアが来なかった以上、たぶん今年も来ないし、来年も来ないと推論することは正しい。でも、ユダヤ人たちは「じゃあ、もう止めようか」とは言わない。それはこれが「ここにいるべき人を迎える」ための儀礼であるよりはむしろ「ここにいるべき人がいない」という事実を痛切に感じるための儀礼だからである。

別にわざわざ遠い国の宗教儀礼を喩えに引くまでもない。私たちの国でも「供養する」というのは、そういうことだ。

いなくなった人のことをいつまでもくどくどと思い出し続ける。その人がどれほどたいせつな人であったかをいつまでも語り続ける。そして、「あの人がいまここにいたら、これを見て何と言うだろう」「あの人が生きていたら、私のこのふるまいを見て、何と言うだろう」という問いをことあるごとに脳裏によぎらせる。私たちはそうやって死者に叱られ、死者に笑われ、死者に教えられる。そういう想像力の使い方をすることを「供養する」というのだと私は思う。

死者をして生きる者たちの規矩たらしめよ。

小田嶋さんはツイッター（現・X）という媒体に大量の文書を残した。その一部はこの本と同じく穂原俊二さんという編集者の手で『災間の唄』という本にまとめられて、武田砂鉄さんがコメントをつけたかたちで出版された。本書はその続きである。『災間の唄』と同じように、文書は穂原さんが選び出してくれた。私の仕事はそれを通読して、ところどころに自分の言葉を差しはさむことである。

小田嶋さんのクリスプで切れ味のよい文章の間に、私のまわりくどい文章を差しはさむせいで、本があまり読みにくいものになってしまっては申し訳ないと思う。けれども、決して小田嶋さんからリアクションが返ってこないことを確かめるために言葉を綴るというのも、一つの供養のかたちだと思って、書いた。

私が書いたのは小田嶋さんの書いたものを読んで「ふと、思いついたこと」である。小田嶋さんのツイートへの「感想」の場合もあるし、「説明」の場合もあるし、「補足」の場合もある。あってもなくてもどうでもいいようなものだけれど、小田嶋さんはたぶん読んで笑ってくれると思う。

だから、これは「小田嶋隆論」ではない。編集の穂原さんは「小田嶋隆論」を書いてくださいと依頼してきたのだけれど、日本の言論史や思想史における「小田嶋隆の意義」がわかるのは、もう少し時間が経ってからだろうし、それを書くことになるのは、おそらく生前の小田嶋隆に会ったことがなく、ある日なにげなく手に取った一冊に惹きつけられて「この人を研究することを自分のミッションにしよう」と思い立った人だと思う。

私は「小田嶋隆の伝道者」として、これまで小田嶋隆がどういうふうにすごいのか繰り返し書いて来た。「小田嶋隆の伝道者」としては、たぶん日本で最も早くからその仕事に取り組んだ少数の読み手の一人だったと思う。その点については、私は自分の「嗅覚」のたしかさを誇りに思っている。

私自身は読者としてでだけではなく、物書きとして小田嶋さんの文体と思考からつよい影響を受けた。30代のはじめくらいからずっと読み続けていたのだから、影響を受けて当然である。私は同時代人では小田嶋さんと橋本治さんの二人から最もつよい文体上の影響を受けたと思う。

でも、それは「文体が似た」ということではない。逆である。「こういう書き方については小田嶋さんや橋本さんには歯が立たない」と思われる「書き方」は避けるようにしたのである。先行する書き手に「あまり似ないようにする」という気づかいを通じて自分の文体をかたちづくるということはあり得る。

小田嶋さんの口調は「東京東北キッズ」に固有のものである。ちょっと荒っぽくて、ちょっと斜に構えている。たまに真正面からの説教になることもあるけれど、そういうときはすぐに「うっかり説教口調になってしまった。忘れてくれ」というふうに前言を撤回する。

そう、これが小田嶋さんの文体の最大の特徴だったと思う。

精神分析には「消去線を引かれた主体」(sujet barré)という概念がある。これは小田嶋さんの語法に当てはまるような気がする。「私」と発話しておいて、ただちにそれに消去線を引いて、「そんなものはいないんだけれどさ」と否定する。

「…である」と断定的に書いてから、すぐそれに消去線を引いて、「いや、これは言い過ぎた。忘れてくれ」というような書き方を小田嶋さんはよくした。これが小田嶋さんの文体のあるいは最大の特徴であり、そして魅力だったのではないかと思う。

すぐあとに消去線を引いて「書かなかったことにしてくれ」というくらいなら、はじめから書かなければいいじゃないかと思う人がいるかも知れない。あるいは書き終わったあとに「書かなければよかった」と思うなら、遡って痕跡をまるごとを消せばいいじゃないかと思う人がいるかも知れない。なぜ、「消去線を付して残す」というような手間をかけるんだ、と。申し訳ないけれど、そういう人は小田嶋隆という人のことがわかっていない。

小田嶋さんはそれができない人だった。「言い過ぎ」や「言い間違い」を含めて、一度でも自分の口の端に乗った言葉に対して小田嶋さんは深い愛着があったからだ。どんな言い間違いであっても、それは「小田嶋隆にしかできない言い間違い」であった。そんなふうに言い間違えられる人間はこの世に小田嶋隆しかいない。そういう言い過ぎや言い間違いだった。だとしたら、それはやはり「作品」と呼ぶ他ない。

私はそういう小田嶋さんの文体が大好きだった。でも、それを模倣することはできなかった。私は研究者だったからである。私が何かを言葉で表現するときは「論文」というかたちをとる。論文である以上、学術的でなければならない。

「学術的」というのは、「自分が何を考えているのか、わかっている」という設定のことである。自分の頭の中味を上空から俯瞰《ふかん》して、一枚の「地図」のように看取しているという設定のことである。だから、学術論文では、「序論」においてまず全体の構成を予示する。それから目次通りに、順序立てて論証を進めて、最後に「結論」を出す。まるで序論を書いている時には結論まで全部わかっているかのように書くのである。いわば、論文を書き始めた時と、書き終えた時では、書き手がまったく変化していないかのように書くのである。良い悪いは別として、それが「学術的」ということの言語運用上の「しばり」である。

でも、実際にはそんなことはないのである。多くの研究者は全部論文を書き終わった後に序論を書くからである。結論まで書いた後に、あたかも論文を書き始めた時から、この結論に達することがわかっていたかのように序論を「捏造」するのである。自分を上空から論程の全体を俯瞰している、「神の視点」に座す主体として擬制するのである。そうしないと「学術的」な書き物にはならない。学者たちはみんなそう信じている。

でも、正直に言うけれど、こんな書き方は嘘だ。現に、私はつねに序論を書き出した時には、自分がどういう結論にたどり着くのかわかっていなかった。あれこれ考えているうちに、仮説の「当たり」が付いてきて、ある時点で結論が視界に入って来て、ほっと胸をなでおろす。やれやれ、このルートをたどってきてよかったのだ、と分かる。途中で何度か「脇道」にそれかかったし、何歩か「袋小路」に踏み込んでしまったこともあったけれど、なんとか、ここまで来た。それが私の「論程」だった。

たぶん他の学者の多くもそうだったと思う。その右往左往そのものが「人はどのように思考するか」ということのみごとな実例であるように私には思えた。だから、どうしてそういう右往左往プロセスそのものを報告することが「学術的でない」として斥けられるのか、私にはうまく理解できなかった。

研究しながら研究主体は「別人」になってゆく。これは断言できる。その自己刷新のダイナミックなプロセスそのものが知的活動の最も卓越した点ではないのか。どうして、その開放性と力動性を放棄して、「最初から最後まですべてを見通している、上空俯瞰的な主体」などという「嘘」を使ってまで論文の体裁を整えようとするのだろう。

そんなことを考えて悩む学者が私の他にいるのかどうか知らないけれども、私は学部の卒論を書いた二十代の初めから、そのことでずっと頭を悩ましていた。学術論文としてかたちを整えることを優先するか、自分が知的に成長し、深化してゆくことを優先させるのか、その葛藤はそれから院生になり、教員になり論文を書くたびに亢進した。

だからこそ、小田嶋さんの「あっさり前言撤回する文体」を読んだときに深い感動を覚えたのだと思う。その感動を「批評的知性とは何か」（初出『人はなぜ学歴にこだわるのか。』光文社知恵の森文庫・解説／２００５年）という文章に書いたことがある。長いけれど、私が書いた最初の本格的な「小田嶋隆論」なので、ここに再録することにする。小田嶋隆のどこがすごいかについて、その時点で言うべきことはだいたい言っていると思う。この時、私はまだ小田嶋さんにお会いしたことがなかった。だから、これは一種の「ファンレター」のつもりで書いた。

この人は天才かも知れないと思ったのは、小田嶋隆（敬称略。すみません、小田嶋先生）の二冊目の単行本『安全太郎の夜』（河出書房新社１９９１年）の中のある文章を読んだときのことである。それは「ビール」というタイトルの短いコラムだった。その後半だけここに採録しておく。

この前にビールをやめた二年前まで、私はビールを飲んでは小便ばかりしている、一本の管のような男だった。

朝起きて、缶ビールのリングを引っ張るところから一日が始まり、その一日は始まったことを呪いながら、頭痛とゲップのうちに終わって行った。部屋はビール瓶の墓場と化し、ふとんを敷くにも困るありさまだった。当時、私は自分で持ち上げることのできない重さのビールを飲むことができた。

酒の上の失敗も多かった。そういう時、私は失敗したのはビールであって、私ではない、と考えることにしていた。責任転嫁みたいだが、これはあながちはずれではない。ビールを飲んでいないときの私（に会うことは滅多にできなかったが）は、大変にしっかりしていると評判だった。

で、この二週間ほど、私はあの当時の「冷蔵庫と下水をつなぐ一本の管」に戻ってしまっている。胃袋の容量の何倍も入ってしまう人体の神秘に驚きながら、私は間断なくビールを飲み続けている。

ビールの問題は「きりがない」ことだ。ビールは確かにウイスキーや日本酒に比べればアルコール度数の低い酒だが、逆にいえば、この酒は浴びるほど飲むことによってはじめて酒たり得る酒だ。頭が痛くならないと飲んだ気がしないのだ。ビールに適量はない。飲み足りないか、飲み過ぎるかのどちらかなのだ。

しかもビールは、自宅の冷蔵庫にはもちろん、自販機にも喫茶店にも映画館にも、ドライブインやそばやにも、ある。ビールは私が行くあらゆる場所に、あまねく存在し、私に向かって、

「冷えてますよ」と呼びかけることをやめない。

「勝手に冷えてやがれ」と、思うときもあるが、せっかく私のためにそうやって冷えてくれているものを、拒み続けることができるだろうか。

まとまりのない話ですまない。そう。お察しの通り私はビールを飲みながらこれを書いている。本当にすまない。

（「ビール」、『安全太郎の夜』、河出書房新社、１９９１年、56－７頁）


げらげら笑って読んでいたのだが、笑い続けているうちに、なんだかぞくっと寒気がしてきた。

書かれているのは、どうでもいいような話である。

ビールを飲み続けている男がその言い訳をしている。ただそれだけの文章である。

けれども、この短い文のうちで言葉がある種の限界を超えたことを私は直観した。

私は子供時代から重度の活字中毒であり、うんざりするほどの量の文章を読んできた。

だから、「言葉が限界を超える」というのがどういう読書経験なのか、その感覚だけはわかる。

ここには絵画的で独創的な比喩が多く用いられているし、「ビールに適量はない。飲み足りないか、飲み過ぎるかのどちらかなのだ」という警句も心に染みるものだ（私はそれからあと、二日酔いの朝にはいつもこの言葉を思い出す)。けれども、いちばん重要なのはそのような文飾のレベルのことではなく、最後の二行にある。

物書きが飲酒とそれに伴う愚行を悔悟する文章や自己嫌悪に苦しむ文章を書くことは少しも珍しいことではない。しかし、飲酒癖について書いた短い文章の最後を「本当にすまない」で切り上げたテクストのあることを私は寡聞にして知らない。

というか、そもそもどのような論件について書かれたものにせよ、「本当にすまない」のひとことで筆を擱いた人はおそらく日本論壇史上に存在しない。

「ビールを飲みすぎて困ったものだ」というただそれだけのことしか書いていない文章において、「史上最初の何か」をなし遂げるというのは、ほとんど絶望的に困難な事業である。

この人は、そういうことを「ビールを飲みながら」できちゃう人なのだ。

そう考えて、私は少し震えたのである。

私が自分より年少の人の書いたものを読んで「震えた」というのは、これがたぶん最初でこれまでのところ最後の経験である。

どうして「本当にすまない」で文章を切り上げる程度のことで内田はそんなに大騒ぎするのだ、と怪訝に思われる方もあるだろう。

長い話になるが、これがどれくらい重要なことなのかご説明させて頂きたい。
これに呼応するようなものとして、本書の中には次のような一節がある。

赤ん坊の頃から知っている従姉妹が結婚するという。
私はおふくろに尋ねる。
「で、相手はどんな人なの？」
おふくろは心得ている。
「慶應の経済を出て、なんだか商事といった会社でなんだかをやってる人らしいわよ」
なるほど。慶應の経済か。
私はわかった気になっている。
おい、何がわかったんだ？
わからない。
幸せって、何だろう？
わからない。

みなさんはこれを読んで、眩暈に似たものを覚えたのではないかと思う。

少なくとも私は覚えた。

頭がくらくらして当然だと思う。しない人の方がむしろ問題だ。

だって、ここではわずか十行ほどの間に、超高速で「語り」のレベルが変っているからである。

ここには驚くなかれ、それぞれ機能を異にする「五つの私」が相次いで登場する。

「で、相手はどんな人なの？」と母に尋ねている「私」。これが「第一の私」である。

「なるほど。慶應の経済か」と内心で独語する「第二の私」。

「私はわかった気になっている。」と「独語する私」を外側から、あるいは上空の視座から冷静に記述している「第三の私」。

「おい、何がわかったんだ？」とそれに問いかける「第四の私」。

そう訊かれて、「わからない」と答えている「第五の私」。

わずかな行数のうちに、まるでドリルが垂直に地中に沈んでゆくように、小田嶋隆は、「私」と語る機能の起源に向けて垂直に掘削したのである。


おい、何がわかったんだ？

わからない。

幸せって、なんだろう？

わからない。

こういうことばを書ける人間は多くない。というか、現代日本にはたぶん小田嶋隆しかいない。

さまざまな書物を腐るほど読んできた私が言うのだからこの言葉は信用して頂きたい。

徹底的に知的な人間だけがこういうことを書ける。

「徹底的に知的な人間」というのは、自分がいかに物知りであるとか、いかに頭の回転が速いかをみせびらかすことよりも、自分が何を知らないのか、自分の知性のどのあたりが機能不全なのかを吟味することを優先させる人間のことである。

自分の車に向かうときに、エンジンの出力がどうであるかとか、内装がローズウッドだとか、オーディオの音質がはんぱじゃないよとか、そういうことをショウオフすることよりも、ブレーキの効き具合やタイヤの空気圧やヘッドライトのランプが切れてないかといったことを優先的に配慮する人間のことである。

それはきちんと整備した車の方が、たいていの場合、見てくれがゴージャスな車よりも、長い時間、遠くまで走ることができるからだ。

知性もそれと同じだ。

できの悪い知性は自分がいかに情報通で賢明であるかをうるさく言い立て、しばしば自分がよく知らないことについてもきっぱりとした意見を述べる。上質な知性は、自分が何を知らないのか、何については判断を差し控えたいのかを、つつましく述べる。だから、真に知性的な人間の書くものはしばしば「すまない」と「わからない」で終わる。

変な話だけれど、真に知性的な人間はしばしば「ぼやん」とした中途半端な表情でその語りを終えることになるのである。

それを多くの人々は判断放棄、無知の表白だと切り捨てて、立ち去ってしまう。

でも、それは違うよ。

このあいまいな表情によってテクストは「オープンエンド」の状態で読者に差し出されるのである。

「どうもすみません…で、あなたは私をどのような立場から私を責めることができるとお考えですか?」

「私にはわかりません…で、あなたは何をご存じなんですか?」

小田嶋隆は読者にそう問いかけている。答えを促している。

高みから説教をしているのではなく、同じ目線でまっすぐに読者をみつめながら、その答えを促している。

あなたは何を知っているんです?　あなたはどうして気楽に自分が正しいと思っていら

れるんです?

これらの問いに、いくぶんか反語的な棘が含まれているのは事実だ。

でも、それだけではない。

小田嶋隆は間違いなく半分本気で謝っており、半分本気で自分が知らないことについての答えを相手から聞き出したいと思っている。

半分だけでもたいしたものだと私は思う。というか、半分というのがたいしたものだと思う。

読者に謝罪しつつ問責し、読者に教えを請いつつその夜郎自大を指摘するような「中腰姿勢」に耐えられる人間が、今の日本の知識人の中にどれだけいるだろう。

小田嶋隆はこれまで日本の論壇でほとんど評価されてこなかった。

私はこれを不当なことだと思う。けれども、この「中腰の知性」がどれほど強靭なものか、どれほど徹底的な自己観察に基づいたものかを理解する人はこれから確実に増えてくるだろうと思う。


引用はここまで。もう20年近く前に書いた文章だけれど、小田嶋隆という書き手の本質にずいぶん真剣に迫ったものだと思う。それはこの文章を書いている時の私自身が「中腰の知性の研究者」たらんとしていたからだと思う。

私はこの文章を書いた頃に長いレヴィナス論を書いていた。それは「学術論文のかたちをとらない学術論文」という面倒くさいものになるはずだった。論理的で実証的な文章を書きながら、それが決して「上空から俯瞰する視点」に立って書かれたものではないようにすること。考えただけで面倒な話である。でも、「すまない」とか「わからない」とか「悪いけど、もう無理」という「弱音」を吐けば、徹底的に論理的に思考しながら、なおかつ「上空から俯瞰する」視点に立つことを回避することは可能になる。問題はそれが学術論文では決して許されないということである。

でも、学術論文で許されようが許されまいが、徹底的に論理的に思考しようと思うなら、思考しながら別人になるという力動的なプロセスに身を投じるしかないと私は思い定めた。途中まで書いてから「すみません。今まで書いたことは間違っていました」とカミングアウトしたっていいじゃないか。この「弱音」は「誇り高い弱音」である。「すまない」と謝るしかないところまで自分は何とかたどりついた。これ以上先には進めないというところまで自省を深めた。その努力だけは認めて欲しい。他人が認めてくれなくても、私自身は自分に「よくやった」と言ってやりたい。

小田嶋さんの「すまない」にはそういう重層的なニュアンスが込められていた。私は小田嶋さんの採用したこの方法に知的に感動したのである。

そして、私がその後書いた論文では、私がうっかり筆を滑らせた「言い過ぎ」や「言い足りなさ」や「言い間違い」をできるだけそのまま原稿にとどめるようにした。その点で、私は小田嶋さんを模倣したのである。体裁の整った学術論文を書く気はもうない。それより、人間というものが、どのように右往左往しつつ、どのような誤謬を犯しつつ、それでも直感に導かれて、自分の知性を成熟させるための道を進むことができるか、その方が生産的だろうと思うようになったのである。

さいわい、私はもう十分年を取ったので、年長の先生方から「そういういい加減な書き方はするな」と叱責されるということはなくなった。若い研究者たちの中には「内田の書くものは論文でも研究でもない。あんなのはただの雑文だ」と批判する人ももちろんいる。でも、彼らは私の家までやってきて「そんな書き方はするな」と言って邪魔をするほど暇ではないので、知らないふりをしていればやり過ごせる。

私は「論文」や「研究」というものは人間の知性を集団的に向上させるために書かれるものだと考えている。だから、結果的にそういう効果をもたらすなら、それはどんな形式のものであっても構わないと思う。別に正統的な形式を踏まえた「論文」や「研究」でなくても、それを読んで知的な高揚感を感じる人がいたら、それは「知性的な作物」だと言ってよいと思う。逆に、形式的には研究論文の体裁を整えているけれども、読んでもあくびが出るだけで、何一つ知的興奮を感じないというようなものに私は個人的には「学術的価値」を認めない。

むろん、それは私が「認めない」と個人的にこっそり思っているだけで、その人の家にまで行って「お前の書くものに学術的価値はない」といやがらせを言いに行って、気分を滅入らせたりはしないから安心して欲しい。その人は何も知らないまま、自分は学術的に価値のある仕事をしていると信じて、そのまま楽しく人生を過ごして頂ければよい。あなたたちはあなたたち、私は私。それぞれ学術的な活動をしているつもりでいるけれども、ついに交わることがない。それは仕方がない。ご縁がなかったのだ。年を取ってからは、そう思うようになった。

以上、私が小田嶋隆から受けた「影響」について書いてみた。けっこう長くなってしまったので、これだけで「小田嶋隆論」として読むこともできそうである。でも、私は小田嶋さんについて別に「論文」を書く気はないのである。これから後、私は小田嶋さんのツイートを読んで、ふと思いついたことをただだらだらと書き連ねるだけである。対話というのでもないし、返信というのでもないし、コメントというのでもない。でも、私は自分の書いたものを小田嶋さんに読んで欲しいと思って書いた。

2020

才能は「回路」と考えるべきなのかもしれない。たとえば、われら一般の人間がモーターを回す動力として汗をかいている間、天才は一人だけまったく別の回路につながるＬＥＤライトとして、一隅を照らしていたりするわけだよ。何の役に立っているのかはまるでわからないんだけど。

小田嶋さんは自分には「才能がある」ということは分かっていた。でも、それが「どういう才能」であるかはよくわからなかったのではないかと思う。もちろん、それが言葉にかかわる才能であることはわかっていた。ただ、それはどんな文字列を見てもそのアナグラムを瞬時に思いつくというような、あまり使い道のない才能だった。どこかで小田嶋さんが書いていたけれども、小田嶋少年が自分にアナグラムを探す癖があることを自覚したのは、地下鉄丸ノ内線の「こうらくえん」という駅名表示を見て、それが「うんこくらえ」のアナグラムだと気がついた時だった。これまでそれに気づいた人がいったい丸ノ内線の乗客に何人いただろうか。

マジな話をすると、日本語の本来の持ち味であったはずの、余白と余韻（あるいは省略と沈黙）にものを言わせるタイプの文章は、揚げ足の取り合いに終始するSNSのやり取りの中では死滅せざるを得ないと思う。邪推勝負誤読合戦みたいなことになったらいよいよ日本語は呼吸をしなくなるぞ。

「日本語は呼吸しなくなる」という言葉には小田嶋さんの深い実感がこめられていると思う。小田嶋さんは「日本語に呼吸させたい」と思っていた。「生きた言葉」を語らせたいと思っていた。

語られた言葉が「生きている／死んでいる」かの違いはその言葉が「正しい／間違っている」ということとはレベルが違う。言葉においては、正否や真偽よりも、生死の方がずっと重い。当たり前のことだ。死んだ言葉はどれだけ大量に吐かれても、ただの死物でしかない。そこからは何も生まれない。

小田嶋さんはネトウヨの吐き散らす定型的な罵倒句を嫌った。でも、それと同じくらいに左翼・リベラルの「政治的に正しい言葉」も嫌った。それが綱領的に間違っていると思ったからではない（と思う）。そうではなくて、その語り口が「生きていない」ことに苛立ったのだ。どうして「政治的に正しく」かつ「生きた日本語」を語るためにあなたたちは努力しないのだ。言葉が生きていない限り、そこからは何も「よきもの」は生まれないではないか。それは小田嶋さんの終生にわたる確信だった。

9. 2

「すべての差別を根絶することは不可能だ」論者の中には「差別を減らす方向で努力」を冷笑するだけでは足りずに「差別を絶対悪として抑圧すると現状の差別への否認が生じる」「で、差別は単に他人を殴るための棍棒になる」式の凶悪な屁理屈を振り回して差別容認の論陣を張る人たちがいるのだね。

すべての差別を完全に根絶することが不可能なことは、誰が指摘するまでもない厳然たる事実ではある。とはいえ、そのことを理由に特定の差別が容認されて良いはずはない。また、完全に根絶できないからといって、差別を減らすための努力を怠って良いことにもならない。

このことを決して理解しない人たちがいる。「根絶できない」→「だったら放置しても同じことだ」というこの人たちは、「現状のＰＣＲ検査は１００パーセントの精度を保証していない」→「だったら、放置しても同じことだ」と言い張る人たちと似ている。要するに、放置したい人たちなのだ

ね。なんであれ。

小田嶋さんは「程度主義者」だった。あらゆる原理的な思考を嫌った。「すべての差別を根絶すべきである」という論も「すべての差別は根絶できないのだから、差別なんか放っておけばいい」という論も、どちらも小田嶋さんの眼には原理主義的なものに見えた。それは小田嶋さんにとっては「幼児的」と同じ意味だ。

すべての差別を根絶すべきだと思って、額に青筋を立てて怒り続けるのは徒労である。というのは、差別は人間が知性的、感情的に未成熟だから起きることだからだ。そして、あらゆる人間は、程度の差はあれ未成熟である。だから、どこまでがんばっても「ある程度の差別」はつねに残る。全人類が大人になる日は永遠に来ないからである。

でも、未成熟であることは、善悪の基準に照らして「悪」であるわけではない。真偽の基準に照らして「偽である」わけでもない。同一人物が成熟すれば、「善」をなし、「真」を語るようになることもある。だから、人が未成熟であることは処罰する理由にはならない。

未成熟とは「この人をなんとか大人にしないといけない」という教化努力をアフォードする状態のことである。だから処罰ではなく、説得が必要なのだ。すべての差別を根絶することは不可能であるということから、一足飛びに「じゃあ、差別はやりたい放題でいいじゃないか」という愚かしい結論に飛びついてはいけない。そういうことをするのが「子ども」なのだ。

差別はよろしくない。でも、根絶することはできない。だから、「ちょっとずつ抑制する」ことを通じて、いつか差別をする衝動そのものが悪さをなさない程度にまで縮む日を待つしかない。ある程度までの差別は見逃すが、受忍程度を超えたものについてはとりあえず注意を促し、それでも矯正されないときは処罰する。私たちにはそれしかできない。

そう聞いて、「なんだよ、ずいぶん手ぬるいじゃないか」といきり立つ人がいると思う。でも、今の文字列をよく読んで欲しい。「差別」を「ファール」と書き換えると、これはあらゆるボールゲームの審判たちがしていることである。

彼らがしているのは「程度差のみきわめ」だけである。すべてのファールを根絶することでもないし、すべてのファールを見逃すことでもない。審判たちはその「あわい」に立つことしかできない。

「すべてのファールは等しく悪であり、処罰の対象である」と考える審判がいたら、たちまちほとんどのプレイヤーが退場処分になって、ゲームは成立しなくなるだろう。だからといって、反対方向の極端に走って、「どうせすべてのファールを根絶することはできないので、ファールはやりたい放題にしよう」ということになったら、今度は卑劣で暴力的なファールのせいでプレイヤーは次々に傷つき、やはりゲームが成立しなくなる。この理屈なら誰でもわかると思う。

ゲームを成立させるためには、ある程度までのファールは見逃すけれども、限度を超えたら処罰するという程度差のみきわめが必要である。みきわめが適切であれば、プレイヤーも観客も納得する。審判の仕事はボールゲームがもたらす快楽を最大化することである。

差別もファールと同じように考えてよいのではないかと私は思う。「差別はよくない」と「すべての差別を根絶することはできない」という命題は別に矛盾していない。私たちの社会の「暮らしやすさ」が最大化するように、「ジャッジ」できるように努力すればよいのである。差別を受忍限度内に抑制する技術知を身につけるように努力すればよいのである。クレバーな審判になるように努力すればよいのである。

だから、「差別は根絶できない」という命題を口にするときに、とりわけ虚無的になる必要はない。「だったら受忍限度内に抑制する工夫をしよう」という実践的命題に散文的に話を続けるのが「大人」である。

それに似たものに「戦時国際法」というものがある。戦争についての「ルール」を決めたものだ。

戦闘においては、戦闘員と非戦闘員（市民、負傷者、捕虜、医療者など）は区別しなければならない。非戦闘員を攻撃してはならない。医療施設、教育施設、宗教施設などを軍事目標にしてはならない。そう戦時国際法は定めている。

それを聞いて「バカじゃないの」とせせら笑う人がいるかも知れない。「戦争なんだぜ。殺し合いなんだぜ。市民が巻き添えを食うのは当たり前じゃないか」、そう言い放つのが「クール」だと思っている人がいるかも知れない（たぶんたくさんいると思う）。でも、それは短見というものだ。

人間が戦争をするのは仕方がない。でも、その時でも、自分が銃口を向けている人間が戦闘員か非戦闘員か判定するために一瞬でも「ためらう」ということは必要なのだ。そう戦時国際法は教えている。戦争のさなかにあってもできる限り人間性を保つ方がいいと教えているのだ。戦争そのものが非人道的なのに、そこで人道的にふるまうなんてナンセンスだと思う人は、単純な「原理」を語っているにすぎない。

だから「子ども」だと言うのだ。

非戦闘員が巻き添えで死ぬのは仕方がない。でも、その数はできるだけ少ない方がいい。私たちは今「程度の差」を語っているのである。そして、私たちが遭遇するほとんどの難問は実は「原理の問題」ではなく、「程度の問題」なのである。小田嶋さんは、そのことをとても深く理解していた。だから、あらゆる原理主義と闘っていたのだ。

でもまあ、ツイッターが人々をして発言に向かわしめる理由の半分以上

は、それが文章を「文脈」から引き剥がすツールだったからなのだろうね。読解力の低い人間にとって「文脈」ほど厄介なものはない。それを読まずに済ませられるのなら、オレにだって色々と言いたいことはある、と。

次にやってくる政権（たぶん菅政権）が、結果として、再び志半ばで退陣することになる第二次安倍政権と、ほとぼりがさめたタイミングで「新薬が開発されたので」ってな調子で満を持して再々復活して来る第三次安倍政権の間を埋める「アベマ政権」になるのだとすると、これは大惨事政権だぞ。

2020
9. 3

元気乞食

あるいは勇気乞食

元気だとか勇気だとかを他人に貰おうとすることのみっともなさに気づいてほしい。

ついでに言えばだけど、他人に勇気を与えようとすることの傲慢さにもできれば気づいてもらいたいものです。

小田嶋さんは「元気をもらう」とか「勇気をもらう」という言い回しが嫌いだった。それこそ「蛇蝎《だかつ》の如く」忌み嫌った。私にもこの嫌悪感はよくわかる。

ある時期から「元気」や「勇気」はパッケージされた商品のように気前よくやりとりされるようになった。それは人間の心の動きの複雑さを軽んじることだ。そして、複雑なものを単純化するというのは、生きている言葉を「死んだ言葉」に縮減することと同じふるまいだ。小田嶋さんはものごとを単純な話に還元することを知的だと信じている人たちと戦っていた。ずっと戦ってきた。

9. 4

菅義偉氏について前々から薄気味悪く思っているのは、日本維新の会に連なる人脈との異様な距離の近さです。例の「自助、共助、公助」なるスローガンも、維新からそのまま引っ張ってきた新自由主義&自己責任思想と考えれば謎が解けます。非常に不気味です。

机の横に積んであった本のヤマが崩落したので、積み直している。積み直す過程でつくづく思ったのは、判型が変わっていて積みにくい本は中身も変わっているということ。変形本は積みにくく読みにくく忘れにくく捨てにくい。良い意味でも悪い意味でも。

9. 13

大坂なおみさんによるＢＬＭへの意見表明を「スポンサーへの迷惑」と

いう視点から攻撃している人たちは、自身が「末端のメンバーによる社会的／政治的見解の表明を上司や同僚が強く牽制している」タイプの組織に所属していること（言い換えれば自分が「犬」であること）を告白しているわけだよね。

犬としての生き方に自負を抱いている人間は、一個の独立した個人として振る舞う人間に敵意を抱く。しかも、自分の感じているその敵意がひとまわり屈折した嫉妬心であることを認めようとしない。

オノレを殺すことが感情的な自殺であることを認めない彼らは、自分たちのその窮屈な生き方を「社会的な適応の結果」ないしは「大人としての忍耐の果実」だと思い込もうとしている。でも、堂々と意見表明をしている若い女性のまぶしい姿を見ると、自分の無理な思い込みに苦しさを感じるのだろうね。

大坂なおみさんの政治的な意思表示に対するある種の人々の反感は度を越したものだった。でも、彼らの攻撃性をドライブしている一番深いところにあるものが「嫉妬」だという小田嶋さんの指摘は正しい。上意下達組織の中で、上位者におもねることでキャリアを築いてきた人々は、「屈辱と出世のバーターは効率のよい取り引きだ」と自分には言い聞かせている。「俺はクレバーな生き方をしてきたのだ」と。でも、そういう人間の心の中には自由に生きている人間に対する激しい「嫉妬」がつねに渦巻いている。

9. 17　新内閣のメンバーの性別が男性に偏っていることや、年齢が高いことを指摘すると「セクシスト・エイジスト」に認定されるわけなのか？

9. 18　新内閣における男女比の不均衡を指摘している人たちの中に「男だから無能」である旨を主張している人間は見当たらない。にもかかわらず「男だから無能と決めつけるセクシストは嫌いです」とつぶやいているアカウントがいる。アタマがおかしいとしか思えない。

9. 19　逃げることも重要だけど、逃げる前にひとこと捨て台詞を投げつけておくことはもっと大切な心がけです。

コラムという技芸（「文芸」とは言わない）の一部は、間違いなく逃亡者の捨て台詞として生成されているものだからね。

ＢＬＭは不当に殺害された幾人かの黒人の死への抗議に端を発した運動です。それがアメリカの歴史の中での黒人への扱いを見直す運動に発展しつつあるのでしょう。一部は過激化しているのかもしれないし、すべての賛同者が完全に抑制的であるわけでもないのでしょう。でも、私はこの運動を支持します。

ＢＬＭについて、それが「警察廃止、全囚人釈放、刑務所撤廃、資本主義解体、核家族否定、暴動教唆、アナーキズム実現」を志向する危険な暴力衝動であるかのような宣伝を繰り返している人たちがいます。いったい誰がなんのためにこんなストーリーを拡散しているのか、心底からあきれています。

小田嶋さんは左翼的な「政治的正しさ」に対しては警戒的だったが、このツイートを読むとＢＬＭに対してははっきりと「支持」を表明している。これは小田嶋さんとしてはかなり例外的なことだ。それは小田嶋さんが差別という人間のふるまいがもっている本質的な「卑しさ」を心底嫌っていたからだと思う。

小田嶋さんは「悪」よりも「卑しさ」を嫌った。ご本人は否定するかも知れないが、小田嶋さんはいかなる場合も「紳士たらん」としていた。でも、それを口にすることを潔しとしなかった。だから小田嶋さんは「悪ぶる」ところがあったけれども、「卑しいふり」をしたことは一度もない。私が知る限り一度もない。

比喩は、万人に通じるものではない。これは仕方のないことだ。というよりも、比喩を用いる人間は、理解されない可能性や誤読される可能性を、あらかじめ勘案しておかなければならないのだと思う。ただ、最近、比喩という表現技法を憎悪する人々が増えている感じがする。なぜなんだ？

近いうちに、自分より年長の人間に向けて「老害」という言葉を振り回しにかかる人々の余裕のなさについてひとまとまりの文章を書くつもりでいる。媒体はまだ決めていない。「老害」という言葉は、震災とコロナで疲弊しているこの国の秘密を解き明かすためのひとつのカギになると思っている。

ツイッター上で軽率な発言を垂れ流していたり、浅薄な見解を振り回していたりするあの人やこの人が、自分の専門分野では、それぞれに見事な仕事をしている立派な人だということを、ぜひ忘れないでいたいものです。このツールをただの「バカ発見器」として使ったら世界中がバカだけになってしまいます。

逆に言えばだけど、実際に会って話してみて薄っぺらな印象を与える人物でも、専門家として10年以上取り組んでいる仕事の世界では、素人には到底及びもつかない見識を蓄え、見事な技倆を発揮していたりするということ

です。専門あるいは仕事というのは、実にたいしたものです。

いかにも小田嶋さんらしい人間観察だと思う。小田嶋さんは「職人」というものに尊敬の念を抱いていた。それは小田嶋さんが筆職人であった祖父のことを語る時の言葉づかいの行間ににじんでいる。でも、その「素人には到底及びもつかない見識と技倆」は必ずしも当人の市民的成熟とは相関しない。人を絶句させるほどの名人芸を発揮する人物が、薄っぺらなイデオロギーの虜囚であるということは「よくあること」だ。大げさに嘆いてみせるほどのことではない。この非相関を小田嶋さんは人間的欠陥ではなく、むしろ人間の複雑さ、人間の面白さだとみなそうとしていた。

小田嶋さんは「寛容な人」だったというとびっくりする人がいるかも知れない。「あんなに毒舌な人が？」と。でも、小田嶋さんは独特の仕方で寛容な人だった。ただ一つの欠点では一人の人間を全否定しないという抑制において寛容な人だった。

現に、私がお酒をがぶがぶ飲むことについて、美食をむさぼることについて、あるいは私のいささかガードの甘い交友関係のいくつかについて、小田嶋さんははっきり嫌悪感を示していた。でも、それが私たちの信頼関係に影響を及ぼすことはなかった。

新政権のスローガンは「クール・ジャパン・ライフ」あたりでどうだろ

うか。なかなか素敵なバランスだと思うのだが。

9. 21

菅義偉新首相に関して「叩き上げの苦労人ではなくて、怠け者の道楽息子だったのではないか」という疑惑が浮上してきているようだが、おそらく、21世紀の多数派の日本人は、叩き上げの苦労人よりも怠け者の道楽息子の方に、むしろ親しみをおぼえると思う。

個人的なお話をすれば、私は「叩き上げの苦労人」タイプの人間よりは「怠け者の道楽息子」の方が好きです。じっさい、これまで、多少とも親しく行き来した人間の中は、おおむね「怠け者の道楽息子」ばかりで、「叩き上げの苦労人」タイプとはほとんど付き合いがありません。

9. 22

「置かれた場所で咲きなさい」というのは、自力移動不能な雑草のタネだとかに向けて言う言葉としては、まあ妥当なのかもしれない。でも、人間にこれを言ったら自由意思の否定そのものになるぞ。難民や災害被災者や汚染地域居住民やブラック企業社員は、置かれた場所から逃げないと生命があぶない。

そう遠くない時期に、令和というエポックは「怯えの時代」として回顧されることになる気がする。

これについては私も小田嶋さんに同感する。ある時期から日本人は他人を誘導するときにひたすら「恐怖心」を利用するようになった。「そんなことをすると、ひどい目に遭うぞ、袋叩きにされるぞ、仲間はずれにされるぞ」というタイプの恫喝があらゆる場合に繰り返された。「そんなの当然じゃん」と口を尖らす人がいるかも知れないが、ぜんぜん「当然」じゃない。私が子どもの頃、子どもたちに大人たちが繰り返し告げたのは「恐怖心を持て」ではなく、「勇気を持て」だった。「勇気を持て」とは「孤立を恐れるな」「少数派になることをためらうな」というメッセージである。それは戦中派の人たちが、多数派からはみだすことを恐れ、大勢に順応したせいで国を滅ぼしたことに対して深い慚愧の思いが言わせた言葉だろうと思う。

2020 9.24

補助金のたぐいが自分ではない誰かの手に渡ることを全力で阻止しにかかるのが令和の時代精神なのであろうなというところまではなんとなく理解できる。でも、補助金を受け取った組織なり団体に関係した人間を「詐欺」という言葉で罵倒する態度は、あまりにも常軌を逸している。恐怖を禁じえない。

9.27

「ただの風邪」とか、功名心に駆られて危険な逆張りに走る同業者が現れはじめている。うちの国が感染爆発に至っていないのは、たぶんわれら国民の相互監視隣組マインドのおかげです。国民的な宿痾《しゅくあ》である右へならえ根性が、今回の事態では奏功している。ここでの逆張りは悪手。というより墓穴だぞ。

コロナに関しては「わからないことだらけだ」という認識を保ち続ける忍耐力（←単純な理解に到達できない状態を持ちこたえる能力を「知性」と呼ぶ場合もある）が必要なのだと思う。「ただの風邪」みたいな断言を振り回したくなるのは、自分の能力の中の何かが衰えているということだよ。

女性の性暴力被害者に「男性も性暴力被害に遭う」と言い、ＤＶ被害には「男性もＤＶを受ける」と言う。「《嫁の貰い手》で進学に反対された」話題には「文学部の男子学生は嫁の来手がいないと言われた」と言い出す。「そういう話をしているんじゃない」ということが、どうしてわからないのだろうか。

両性間にある非対称を「被害なら男性の側にもある」みたいな逆張りで相対化できると思ってる点がそもそもどうかしている。「白人だって差別されてる」とか、「女子高生に暴行した男だって『キモい』って言われてかわいそうだった」とか、どこの屁理屈工場だよ。

10. 1

あからさまな反知性主義をこれ見よがしに押し出してくるあたり、菅政権は安倍政権というよりは、維新の直系である気がするな。安倍さんは愚かな復古主義者ではあったけれど、露骨な反知性主義ではなかった気がするので。

10. 2

日本学術会議の任命拒否問題は、私にはよくわからない。ただ、このお話を「学術会議に任命されることがそんなに大切なのか」という個人の人生観の問題に矮小化して、「要するに学術会議に入りたいわけね（笑）」式の冷笑で片付けている人間の魂の卑しさは、はっきりと理解している。

どうして「笑い」に「お」を付けるのだろうか。尊重しているつもりなのか。それとも軽んじているのか。あるいは内心の軽蔑を隠すべくバランスをとっているのか。

「そうですか。おピアノをやってらっしゃるんですか」は、多くの場合、バカにした言い方として受け止められると思う。

「おコラムニスト」って、怒っている人のようでもあるし、逆に怒らないことをアピールしているようにも見える。本人が怒っているのかどうかはともかくとして、結果的に誰かを怒らせる人としての活動が続行できるのであれば万々歳かな。

10. 3

日本学術会議への人事介入問題に関連して「学術会議にどんな実績があるんだ?」「実績が無いのならツブしてもOKだろ?」「事業仕分けと一緒じゃん」式の浅薄な議論を展開している人間がいる。実績がどうのこうのではない。問題は、政府が独立機関の人事に手を突っ込んだことだぞ。アタマを冷やせ。

10. 4

「インテリの悪口を言うと(少なくともネット上では)人気者になれる」という回路が成立してしまっていることが、いろいろなものの基礎を破壊しつつありますね。

しかし、いまにして思えば、「あいちトリエンナーレ」への補助金不交付は、政権が学術や表現の現場に手をつっこむ最初の突破口だったわけだな。あの事案以降、補助金だの助成金だのが投入されている組織は、どんなもの

であってもお国のコントロール下におくべきだってな空気が蔓延しはじめている。

「税金（を原資とするカネ）が投じられている以上、政治（←「選挙を通して民意を代表している」by維新&橋下）が監視し、適切に指導するのは当然だ」という理屈を許した瞬間に、国立大学であれ私学助成金を受けている私立大学であれ無事では済まない。もしかしたら野党さえもが。

日本学術会議の新会員任命拒否問題は事件が起きてから4年が経った。今もまだ問題はまったく解決していない（さらに悪化している）。あのふるまいは典型的に「反知性主義的」なものだったと思う。たぶん「安保法制に反対意見を述べた学者は外しましょう」という「せこい」アイディアを首相に吹き込んだ官邸のイエスマンがいて、日本学術会議というのを株式会社における「社史編纂室」のようなものだと思っていたのだ。薄給とはいえいやしくも給料をもらっている連中が、あろうことか経営者の経営方針に異論をはさむなどというのは許し難い越権行為だ。誰がボスか教えてやる。そう思ったのだろう。

あの人たちは「誰が上司で誰が下僚か」ということを明らかにすることがこの世で一番たいせつなのだと信じている。でも、組織を機能させるために必要なのは、それぞれの専門家がそれぞれの専門的知見に従って、専門的に適切な判断を下すということである。

10. 5

番記者の　こんがり焼けた　うらおもて　記事は甘いぞ　ふわふわで　耳たぶぐらいの　やわらかさ　デスクまるごと　蜜まみれ　パンパンパンの　パンケーキ　記者は走るよ　汽車ぽっぽ　ネタがほしいか　そらやるぞ　みんなで仲良く　食べに来い

なんの取り柄もない陰キャのおっさんが全国紙の紙面をいっぱいに使った記事で、やれ可愛いだのパンケーキだの人たらしだのと持ち上げられている悪夢みたいな茶番を眺めながら、あの人はきっと自分がついこのあいだまで履いていた下駄が、いかに高いものだったのかを思い知っているのであろうな。

10. 6

有象無象の匿名ネット論客が斜に構えてみせるのは、彼らの生命線なのだろうし、好きにすればいいと思うのだが、学術会議をめぐる人事権の問題の当事者である学者がシニカルな文言を弄ぶのは、極めて有害なのでやめてほしいと思っている。

10. 12

不正義の側に立つ人間が「正義の暴走」をたしなめる姿に、毎度のことながらげんなりしている。「正義の暴走ほど恐ろしいものはない」「地獄への道は善意で舗装されている」という2つの警句は、東日本大震災からこっちの混乱の中で定着した薄っぺらな逆張りの典型だと思っている。

繰り返しになるが、２０１１年に発刊した自著『その「正義」があぶない。』のタイトルは失敗だった。謝罪して撤回したい。中身はそこそこに良い本なのだが、タイトルがゴミ過ぎた。うっかりバカな提案に乗ってしまった。後悔している。

この話は前に小田嶋さん自身から聞いたことがある。私もちょっと危険なタイトルだと思った。「正義」というのはなかなか取り扱いのむずかしいものだからだ。

わかりにくい言い方になるが、「結果的に正義が最大化する」のが「正義」の適切なあり方である。正義を過剰に要求すると、どこかで「正義に対する倦厭感」が生じる。「わかったよ、もういいよ。もう『正義』にはうんざりだよ」という反発が起きる。そうなると、せっかくそこまで達成した「正義」が逆方向に押し戻されてしまう（ことがある）。「正義」にも「この辺がまあとりあえず精一杯かな」というピークがある。それ以上無理押しすると、反発を生み出して、むしろ正義の実現が損なわれる。

だから（ほんとうに変な言い方だが）「今日はこの辺にしといたるわ」といって正義の矛を収めることによって、正義の実現が最大化するということがある。

この「矛を収める」加減がまことに難しい。なにしろ正しいことを主張しているわけだから、何が哀しくて正しい主張を引っ込めなければいけないのか。そう青筋を立てて怒られても、反論のしようがない。反論のしようがないけれど、正しいこともある。

10.14

「声をあげる人間が一人でも存在している以上、言論の自由は抑圧されていない」「完全に死滅していない以上それは生きている」という理屈ですね。してみると、最後の学者が消滅するまでは、自由は生き残っているってなことになるわけで、こういう理屈は撲滅を願っている人間でないと思いつきません。

菅政権が推し進めようとしている施策の中で「選択的夫婦別姓制度」は明確に支持する。あと「はんこ」廃止も。菅さんについては、前任者と違って「家族の絆」（←日本会議的な、旧民法的な）だのみたいな戦前的な価値に幻想を抱いていない点だけはありがたいと思っている。残りの部分はともかく。

10. 17

日本を太平洋に浮かぶ不沈空母にしようと言ったのは中曽根康弘さんだけど、北方領土をオホーツクに浮かぶプーチン空母にしたのは安倍晋三さんだから間違えないようにね。

10. 23

津田さんとの対談で「ツイッターの実名垢は、プールサイドをスーツ&ネクタイ姿で歩いてるおっさんみたいなものでいけ好かないヤツと思われても仕方がない」というお話をしたけど、よくよく考えてみると逆だな。オレたちは海パン一丁で街場のレストランに入り込んでる変態なのかもしれない。

10. 25

「不当な圧力に抵抗している人や、逆境から逃れるべく奮闘している人間よりも、自分はむしろ、ただただ苦難に耐え、不当な暴力を甘受している人たちを尊敬します」という言明は、つまるところ、この社会に遍在する虐待や不正に加担している人間の言葉なのではあるまいか。

「黙って耐える人々への共感」は、実のところ、声をあげる者、告発する態度、プロテストする人間たちへの反発を別の形で言いあらわした抑圧の表現だったりする。注意深く検討しなければならない。

2020

大阪の人たちは、コトに当たって、いよいよ決断を迫られる段になると、にわかに正気に返る。その点、東京民は、空気に流されたまま最後まで行ってしまう。見習わないといけない。

＊大阪都構想、前回世論調査から僅差で賛否逆転　反対43・6％、賛成43・3％－毎日新聞
https://mainichi.jp/articles/20201025/k00/00m/040/125000c...

文脈を読んで質問をしてきた人々に対して「書いていない文字を読むな！」と叫んでいる男がいる。ツイッターの世界は広く、人間の愚かさには限りがない。All day long I hear him shout so loud. Just crying out that he was framed.　ちなみに私はこの文章の主題を行間に書いている。

10. 28

単なる「権益」に「既得権益」という名前をつけて、それがいかにも不当で邪悪なものであるかのように見せかける手法を応用すれば、たとえば、財布の中の現金だって「排他格納資金」てなことになる。で、「持ち家」は「恒久的専有不動産」、「結婚」だって「既得独占性交契約」くらいにはなるぞ。

「コロナ脳」とか言ってマスクをバカにしてる腐れマッチョは、自分のマスク軽視のライフスタイルが、マスク装着を励行している圧倒的多数の利他的でマジメな一般人に支えられていることを知らないのだろうかね。「オレ

はこわがってねえぞ」とか、どこのクソガキだよ。

マスク関連で寄せられるリプライをざっと眺めながら思ったのは、あるタイプの人々にとっては、見解の当否そのものよりも「自分が何かをこわがる人間であるのか」についてのセルフイメージ（あるいは他者にそう見せたいキャラクター）の方がずっと重要であるらしいということですね。

「マスク装着」は「手指消毒」や「ソーシャル・ディスタンシング」や「自宅隔離」と原理的には同じく、どれも「ウイルスと物理的に距離を取ること」である。だから、「オレはマスクをしないぜ」という人がもしアルコールで手指消毒したり、満員電車で隣の人に咳をされたらいやな顔をするとしたら、それは理屈に合っていない。距離を取ることには意味がないと思っている人なら、「そんなこと」はぜんぜん気にならないはずだから。「そういうのは気になるが、マスクはしない」というのなら、その人にとってマスクは医療用のツールではなく、ある種の社会的記号だということだ。

『トランピストはマスクをしない』というのは町山智浩さんの本のタイトルだが、これは「マスクをしない」というふるまいがある種の政治的立場の記号になっているという消息をよく伝えている。他のことなら政治的記号にしてもよいけれど、自然科学のマターを政治的に解釈すべきではない。

10.30

SNS時代の呪いは、自分のバカな発言が永遠に残ることだよね。オレも30代の頃は、いまにして思えばとても申し開きのできない恥ずかしい言葉をそこいら中に投げつけて歩いていたものだった。でも、幸いなことに、それらの愚かな暴言はほとんどすべて風化している。ありがたいことだと思っている。

11.4

「皆さんが悩みに悩むこと、これだけ大きな問題提起ができたことは政治家冥利に尽きる」という、松井一郎大阪市長の敗戦コメントは、何度聞き返しても最低だと思う。やっすいヒロイズムが横溢している。抗争で捕縛されたヤクザがアドレナリン垂れ流しながら喚《わめ》くセリフそのものじゃないか。

＊11月1日に実施された住民投票の結果、「大阪都構想」が反対多数で否決されたことに対する松井一郎大阪市長のコメント。

11.6

仕事を取りまくるためには交際範囲を拡張して世間を広くしたほうが良いのかもしれないのだが、仕事の質を維持するためには、世間を狭くしておかなければならない。なので、バカとおべっか使いを排除するべく、こんまり師匠の教えにならって、定期的に片付けの魔法を発動することにしている。

絶交は良いぞ。昭和のオレたちは付き合いが良すぎた。昭和のバカな若者だったオレたちの友情第一主義幻想が、コミュ力万能の不潔な21世紀を作ってしまった。反省している。次の世代の子供たちのために、偏屈な人間を育てないといけない。だから、身近なクソ野郎にどんどん絶交を言い渡して行こうぜ。

敵を作らない生き方をしていると、いつしか態度のデカいお得意様に引きずり回されるだけの人間になる。

小田嶋さんは定期的に「クソ野郎とは絶交するぞ」宣言をしていた。たぶんそうやって自分を鼓舞しないと、仕事を断り切れないくらいに、「頼まれるといやとは言えない体質」だったんだと思う。

小田嶋さんはほんとうに締め切りを守らない人だったが、これは別に彼がきわだってルーズな人間だったということではなく（多少はそうだったけれど）、「できそうもない仕事でも頼まれるとつい引き受けてしまう」という「弱さ」のせいだったのだと思う。だって、「やりません。できません」ときっぱり断って、できる仕事、やりたい仕事だけに限定していたら、こんな愚痴は出てこないはずだから。

私も「酒を飲むようなやつとは二度と席を共にしない」というツイートを読んだけれど、

小田嶋さんはそう書いたあとにもふつうに私と会食していた。あのときもきっと小田嶋さんは「酒を飲むやつと飯を食うのはまことに不愉快であることよ」と思いつつ、私を許してしまったのだと思う。申し訳ないことをした（あまり反省していない）。

20世紀に「新聞を鵜呑みにするのは危険だ」と言われていた状況と、2020年のいまヤフーニュースの鵜呑みが危険であることは等価ではない。深刻さがまるで違う。20世紀の新聞は約3年で一人の権威主義者を育て上げる。一方、ヤフーニュースを鵜呑みにしていると3日で一人前のパラノイアが完成する。

菅総理大臣の著書「政治家の覚悟」は、電子版を入手して読了した。率直に言って、首相の座にある者があえて世に問う本ではない。陣笠が選挙区に配る自慢話書籍の焼き直しに過ぎない。内容は総務大臣時代に、官僚やメディアを恫喝して屈服させた武勇伝ばかり。自慢にもなりゃしない。バカすぎる。

菅さんは、予断よりはずっとアタマの悪い人だった。オレは、官房長官という肩書に惑わされていたのだと思う。「まさか官房長官に指名されるほどの人間がバカであるはずがない」と。でもバカだった。人事に関しての昭和時代からの思い込みは、捨ててかからないといけない。反省している。

11. 8

安倍シンパの人たちがしきりに口にしていた「反日」という言葉と、菅政権の中枢で言い交わされているに違いない「反政府」という言葉は、同じ意味の日本語であるようでいて、微妙にニュアンスが違っている気がする。

安倍ちゃんユーゲントの言う「反日」は、「美しい日本」だとか「とてつもない日本」みたいな「幻想上の理想の日本」を認めない者たちへの敵意を糾合する言葉だった。一方、菅さんのアタマの中にある「反政府」は、そのものズバリ「権力に楯突く人間」を指している。どっちが凶悪なのかはわからない。

前任者はひたすらにアタマが悪かった。新任はとにかく根性が腐っている。もちろん新任のアタマが悪くないわけでもなければ、前任者の根性が腐っていないのでもない。ひとりの人間の中で、どちらの欠点がより支配的であるのか描写してみただけのことだ。あ、アメリカの大統領の話じゃないよ。

11. 9

「分断を克服するために、人種、宗教、階層、支持政党の異なる人々を敵視せず、バカにしない態度が大切だ」というお話は一応理解できる。でも、レイシストや排外主義者と妥協するのが建設的な未来だとは思えない。あからさまなエゴイストや道徳的破綻者の主張を受け入れることにも賛成できない。

11. 10

今年は例年以上に風邪をひきたくない。で、慎重になる。この態度を「臆病」「マスク至上主義」「健康オタク」と解釈する腐れマッチョがいる。彼らは、たかだか風邪をひいただけのことで、どれほどめんどうくさい事後処理が発生するのかを想像しない。バカ。なので、風邪をひかない。最強だな。

11. 13

フリーランスの人間に対して「ギャラ交渉なんかしないほうが仕事をもらいやすくなるぞ」とアドバイスすることは、勤め人に対して「サービス残業を繰り返すことで上司の信頼を勝ち取るのが出世の秘訣だぞ」と言うのと同じで、つまるところ「自分を安売りする方法」を伝えている。無責任すぎる。

11. 18

売り込みっぷりが必死であればあるだけ東京五輪のインチキくささが際立つということが、どうしてわからないのか。

＊バッハ会長「東京と恋に落ちるでしょう」選手村視察で絶景を絶賛（デイリースポーツ）Yahooニュース https://news.yahoo.co.jp/articles/b5f64b365bb15e595aaa3d281e725e8df68f1af0...

世界中がコロナで大変な時にマルチの売り子みたいなヤツがわざわざ飛行機に乗って飛んできたら、誰だって「ああ、このヒトは怪しいものを売りつけにきたんだな」と思うよね。あたりまえじゃないか。

そもそもの話をすれば「バッハ」という発音自体、飛沫が飛びすぎると思う。

「バッハ」とか、オヤジのくしゃみみたいな名前を持った人間が、この微妙な時期に来日すること自体、不見識だと思う。

11. 19

「マスク会食」って、お国としては何にも対策を打ち出さないし、補償も手当も一切しないけど、君ら国民の自助努力でお願いね♡というおよそふざけ切った施策なわけだけど、これが案外功を奏してしまいそうなわが国民の忠良さが悲しい。おまえらどんだけお国を甘やかすんだ、という。

クジラが分厚い皮下脂肪を蓄えているのと同じように、巨大な組織は無駄を含んでいる。とはいえ、余白や冗長性を無思慮に排除すると、システムは正常に機能しなくなる。さらに、大きな生き物の解体はハゲタカやハイエナを招き寄せる。そして、流れた血は、解体を担当した業者が利権として持ち去る。

国鉄の分割民営化でもＮＴＴの解体でも、温存されていた利権は、解体の仕様書を書いた人間たちが持って行ったと言われている。いま、大阪市の解体に拘泥している人々がどんな利権をどこに付け替えようとしているのかに注意を払わないといけない。うっかりすると、屍肉さえ残らないことになる。

11. 21

マウントを取るだの取らないだのっていうものの言い方は、この5年ほどの間に広まった最も卑しいフレーズだと思っている。「上から目線」「ドヤ顔」「マウント云々」とかって、21世紀の日本人は、上下関係でしか人間関係を観察できなくなっちまったんだろうかね。

さっきも同じ論件でコメントしたが、これはほんとうにそうだと思う。上下関係だけでしか人間関係を観察できなくなっている。

友人の感染症医の岩田健太郎先生から聴いた話だが、彼がアフリカに感染症が発生したときに現地入りしたらまず「あなたはどんな仕事ができるのか」を訊かれたそうである。岩田先生は「感染症対策のシステムが作れる」と答えた。その他に、病院が建てられる、料理が作れる、発電機が動かせる、自動車が運転できるなどなどいろいろな専門家がいた。その専門家を組み合わせてチームが編制された。

その後、日本に帰ってきて、ある被災地に医療支援に行ったら、まず「あなたは何者か」と訊かれた。構文自体はよく似ているが、訊かれたのは「医師か、看護師か、薬剤師か…」という身分の違いだった。次にどこの大学か、卒業年次を訊かれ、どこの医局か訊かれた。この人は「誰に対しては敬語を使い、誰に対してはため口で、誰に対しては命令口調でいいか」をまず確認したのである。どんなジョブができるかを確かめるより先に上下関係を確認しないと日本人は組織が動かせないのである。これが日本的システムの致命的な欠陥だと岩田先生は嘆いていた。

第二次安倍政権から現政権に引き継がれている「言葉の軽視」は、「文章の意味が了解できないのは、オレの読解力が低いからではなくて、書き手の文章力が稚拙だからだ」「持って回った文章を書くヤツはバカだ」「難解な言

葉を使う人間は敵だ」という世紀末思想が極まったものだと思っている。

11. 22

私の観察範囲で同性婚を見下している人なんて見たことがない。同性婚が「強制」されている現状に反対して「同性婚or別姓婚の自由選択」を求めている人たちしか見たことがない。なのに、どうして一部の人々は「同性婚を見下している人」という藁人形をいつまでも攻撃し続けているのだろうか。

私自身も同性婚を攻撃するつもりはないし、同性婚による結婚生活を続行している人々を軽蔑する気持ちも持っていない。なにより、私自身が同性婚者でもある。いったいどういう理屈でオレが「同性婚を軽蔑している」と決めつけることができるんだ？

たとえばの話、「そばとうどんが両方あって選べる方が良い」と主張している人間に対して「どうしてうどんを軽蔑するんだ？」と言うのは言いがかりだよね？　おかしいのは「そば以外は注文できない食堂」の方じゃないのか？「ほかの食堂に行けよ」って、ここは君たちだけの国じゃないぞ。

11. 23

ゼロリスクを求めている人間なんて事実上存在していないのに「ゼロリスクはない」てなことで、リスク低減のための努力を放棄してしまうのが維新頭であると、私はそのように理解しています。

医療関係者でもないのに「トリアージ」みたいな言葉を振り回す政治家は、たぶん「冷徹な判断ができるオレ」に陶酔している。一般的な政策を語るにあたってトロッコ問題を持ち出したがる政治家はさらに凶悪だ。彼の内なる欲望は、特定の誰かに向けてトロッコを衝突させるところにある

11. 24

Go Toイートを断念してGoツイートに励んでいるみなさん！

つまり、国会で虚偽答弁を繰り返してきたことを認めたわけだよね。「で？」という話になると思うんだけど。

＊安倍前首相周辺が補填認める「桜を見る会」前夜祭 – 毎日新聞
https://mainichi.jp/articles/20201124/k00/00m/040/258000c…

してみると、あの時、黒川（黒川弘務）さんがあんなわざとらしいチョンボをやらかしたあげくに検事総長の椅子を投げ出しにかかったのは、桜がらみのヤバいネタの握りつぶしをおっかぶせられるのがイヤだったからなのかもしれないな。じっさい、黒川さんってわりと正直そうな人に見えたし。

「安倍前総理の錯乱を見る会」をぜひ大々的に開催していただきたい。

11. 25

みんなわかってるのかな。国会で総理大臣が虚偽答弁をしていたってことは、寿司屋で板前がウニの代わりにウンコの軍艦巻きを出してたのと同じくらいひどいことなんだよ。

12. 2

人類がもし来年の春までにコロナウイルスに打ち勝っているのだとして、そのステージの上がった現在のわれわれより確実に一段階賢明になっているはずの人類は、オリンピックみたいな馬鹿騒ぎにはまったく興味を持たないと思う。

12. 5

間違いを指摘している時に動いている感情は、必ずしも怒りではない。なのに、「怒り狂っている」「ブチ切れている」と受け止める人が多い。なにをそんなにびくついているのだろうか。たとえば試着するシャツのサイズがハンガーの表示と違っていた時、人は怒っていない。単にいぶかしんでいる。

誰かが「怒りの快感に嗜癖《しへき》」している旨を指摘している人たちって、怒りが快感をもたらすという理屈を本当に信じた上でそう言っているのだろうか。個人的には、怒りそのものは快感でもなんでもないと思うのだが。っていうか、むしろ不快だよね。怒りを抱かされることも、表明することも。

12. 11

今日は朝から　1. 採血、採尿　2. 胸部レントゲン検査　3. 診療　4. 投薬　5. ビタミン剤注射　6. 頭部ＭＲＩ（造影剤）撮影をこなした。謎の達成感を抱いている。何ひとつ達成していないことはわかっているのだが。

喪失には手間がかかる。失敗にも努力が要る。

12. 12

こんにちはガースーです。あえてこの名前を名乗ったことの意味は、わたくしが浅薄なポピュリストであることを自ら宣言したということです。つまり、わたくしことガースーは、政治的な諸問題や政策的な諸課題について、一切説明する気持ちも持っていなければ、責任を取るつもりもないのであります。

つまり「こんにちは、ガースーです」は、翻訳すれば「オレは説明なんかしねえぞ」ということなのだね。

Go Toトラベルは、「結果としてウイルスを拡散することになる若くて健康で無症状で富裕な都市在住の観光客」と「人口の移動によるウイルスの脅威にさらされている基礎疾患を持つ観光地在住の比較的貧しい高齢者」の間にある非対称を、まるで考慮していない点で、悪魔の施策と呼んで差し支えないと思う。

敬愛する人間の話を面白く聴くために身につけている知識を教養と呼ぶ、という定義はどうだろうか。でもまあ、大好きな人間の話でなくても、世界を面白がるための知識は、おしなべて「教養」と呼んで差し支えないのだろうな。

「教養」についてはいろいろな定義があるが、小田嶋さんのこの定義はなかなか奥行きがある。というのは、「人の話を面白く聴く」ためには、適切なタイミングで質問をしなければいけないからである。つまり、「自分が何を知らないのか、何を知りたく思っているのか」を言語化できなければ対話は続けられない。でも、自分の無知を言語化できる能力というのは、よく考えるとかなり卓越した知的能力である。小田嶋さんはその能力を「教養」と呼んだ。知識や情報の「備蓄」ではなく、対話を前に進める「推力」のことをそう呼んだ。これは卓見だと思う。

12. 13

大阪のツートップがやたらと照明だのライトアップだのイルミネーションだの光による感謝だの警告だのを推進したがる理由は、そもそも大阪市長の松井一郎氏が照明と電気設備の会社の社長だった過去に由来しているとも言われている。ってことは、これ、利益相反案件かもしれないわけだよね？

「ネット情報を信じる」と言ってる人は、「自分のネットリテラシーを信じる」「自分の情報選択眼を信じる」「自分独自の価値判断能力を信じる」「自分単独の真贋識別能力を全面的に信頼する」と言ってるわけで、オレはそんな人の言うことはコワくて信じられないよ。

自前の「情報リテラシー」が、マスコミで働いている記者の総合知をあらかじめ凌駕していると考える人間だけが、ネットから「真実」を拾い出せるのだろうね。オレはとてもじゃないが自分の能力をそこまで高くは見積もれない。なので基本的には既存メディア発の情報に信を置く。臆病者と呼んでくれ。


「ネットリテラシー」とは何か。これはネット上に行き交う真偽・虚実・賢愚さまざまな情報のうち、どれが掬《きく》すべきもので、どれが棄ててよいものかを判定する能力のことだと思う。だが、私たちはほとんどのトピックについて「真偽を判定できる」ほどに十分な情報を持っていない。だから、「真偽を判定できるほどの根拠がないときになお真偽の判定ができる力」、それをネットリテラシーと呼ぶということになる。奇妙な話だが。

でも、どうやって判定できるのか。それはたぶん発信者のこれまでの発信内容の真実含有量の「通算成績」や、論証の精粗や、言葉づかいや、表情（は見えないが想像はつく）から判定しているのだ。ふだんの対面での付き合いで「こいつの話はだいたい盛り過ぎだからな」とか「目が泳いでいるやつの話はおおかた嘘だ」というようなことは勘定に入れて、人の話を聞いているのだ。ふだんできていることなのだ。ネットでできない話ではない。

２０２０年代をドライブするのはきっと陰謀論になるのだろうね。コロナ由来のストレスとトランプまわりの鬱屈が口火になって、じきにデカい爆発が起こる気がする。長生きはしたくないよ。マジで。

実際に、こう書いた一月後にアメリカ連邦議会に陰謀論を信じたトランプ主義者たちが雪崩れ込んだ。小田嶋さんの予見はまことに適切だった。

総理大臣が国会の開催を拒否して、テレビや新聞の記者会見すら拒絶して、ニコニコに逃げ込んだ上で自分のタコツボの中からの自己都合の発信を選んだこのたびの事態は、マスコミを信じないネット上の独善家たちがこの世界を動かし始めている状況に対応した出来事なのだというふうに理解して

います。

*https://twitter.com/tako_ashi/status/1338010743300444166...

12. 14 いっそネーミングを「ガースートラベル」あたりに改めて再出発したら良いんじゃないか。無事に帰ったら半額だけど、感染したら料金10倍とかのギャンブル設定クーポンでも付けて。

自分でガースーと名乗ったんだからオレはもうガースーとしか呼ばないぞ。

新聞の見出しも全部「ガースー総理」「ガースー内閣」「ガースー政権」で行けよ。

12. 15 議員や閣僚に占める世襲お坊ちゃま率の高さからして自民党が旧民法的な家族制度を基盤とした封建政党であることは明白だ。そんな中、ガースーは、数少ない「家」の呪縛と無縁な叩き上げの政治家だ。なので、せめて夫婦同氏強制だけは駆逐してくれると思っていた。その唯一の期待が裏切られたわけだ。

DHCの問題は、単に「差別を拡散する企業が実在している」というだけの話ではない。そういう企業がテレビで番組を持ち、CMを打ち、有名タレントを起用し、コンビニに棚を確保し、新聞に広告を掲載することを許しているこの国の現状こそが問題だと思う。カネさえ払えば何をやってもいいのか、という。

ある時期から「カネさえ払えば何をやってもいい」ということが当たり前になった。逆から言えば、「やってはいけないことでも、カネを出されたらやる」という人たちがあらゆるところに増殖してきたということである。仮に、「やること」が自分たち自身にとって不快であっても、信念に反しても、自分たちの存在根拠を掘り崩すことでも、「目の前にカネを出された以上、やるしかない」かのように彼らはふるまう。カネの全能性に屈服することが人として正しいかのようにふるまう。

でも、実は彼らだってカネの全能性を信じてはいないのである。「信じているふり」をしているだけである。面倒なことをするものである。

彼らは「資本主義なんてクソなシステムだ」と内心では思っている。でも、そのクソのようなシステムを利用してさしあたりの手銭を増やすことがオレにはできる。オレはスマートだから。そうやって彼らは自尊感情を維持しているのだ。「信じていないものを信じているふりをしているオレ」に自己愛を感じているのだ。その自尊と自己愛でかろうじてこのクソのようなシステムのインサイダーとして生きることに耐えているのである。病は深い。

震災からこっちの言論（カタカナじゃないので注意）世界は
1．批判的な言及を含む言説を一律に忌避したがる態度
2．感情を含んだ主張を「感情的だ」という理由で一段低く見る傾向
という二つの奇妙な及び腰の相互自粛マインドに支配されているように感じる。

「情もれ」という言葉を「尿もれ」と対比する文脈のなかで使用している用例を見かけて、ちょっとびっくりしている。あるタイプのアカウントにとって、「感情」は「尿」とそんなに遠くない存在なのだろうかね。

「単なる感情の垂れ流しだ」式の浅薄な批判が様式化したことと、詩という文芸が顧みられなくなったことの間には、微妙なつながりがあると思っている。じっさい、たとえば、中原中也あたりの詩を「単なる感情の垂れ流しじゃないか」という言い方でやっつけることは十分に可能なわけだし。

差別に腹を立てるのだって「感情」だし、人の死を悲しむのも「感情」

だよ。感情だから程度が低いとか、感情だから隠すべきだということではない。議論の中で感情より理屈が重んじられるのは、単に技術的なお話で、誰かを説得するには、感情より理屈を表に出した方が有効だというだけの話だよね。

「感染したのはウイルスか不安か」という惹句は、ちょっと卑怯だと思う。そもそも二項対立の議論ではないし、トレードオフのお話でもないわけだから。ウイルスに感染した人間が不安に感染しないというわけではない。不安に感染すればウイルスに感染しないのでもない。あたりまえだけど。

12. 18

「1たす1は？」と尋ねられた時に、「およそ2です」と答えるのが知的な態度だと思いこんでいる人たちがいる。あるいは「多くの場合2でしょうね」とか「2と言っても言い過ぎではないと思います」とか。

12. 19

「悪口禁止」って「喧嘩両成敗」を一歩進めた「事なかれ主義統治哲学」（「揉めるな」「空気を乱すな」「不平を言うな」「黙って耐えろ」）だよね。ちなみに、さらにもう一歩進めると「参考意見として、より脅かしていないほう、より失礼でないほう、より正義を語っていないほうを選ぶ」になる。

なんというのか、「羊の群れに向かって牧羊犬が並べてみせてるお説教」という感じがするのだね。ほぼ。

＊cakesの一連の不祥事に関する代表の加藤貞顕氏のお詫び文章に対応する。cakes立ち上げ時の考えとして、「ただし、やってはいけないことを、ひとつだけ決めました。それは「悪口禁止」です。前向きでおもしろいものだけを載せよう、と決めたのです。」https://note.com/sadaaki/n/nf4b8ffdf6f47

ここに並べられたツイートはいずれもこの時期にネット空間でつよい影響力を持った二つの「語り口」についての批判である。

「感情的にならない」「礼儀正しく」というのは、それ自体としてはとても正しい。でも、それは自律のための訓戒として、黙って自分に向けている限りは何の問題もないけれども、他人に向かって「おまえは感情的になっているからダメだ」「おまえは礼儀正しくないからダメだ」というふうに批判の利器として便利に用いるべきではない。それは訓戒の筋目を外れる。

むずかしいのは「過度」にならず、「節度のある訓戒」である限りは、感情を抑制することも、礼儀正しく語るのも、とても「よいこと」だということである。ここでも、「原理の問題」ではなくて、「程度の問題」なのだ。

「有害な男らしさ」という概念は誤解されやすい概念でもあれば、偏狭な

男らしさを捨てきれずにいる蒙昧な男には理解しにくい概念でもあるので、石原慎太郎のような人間が実在することは福音でもある。「有害な男らしさってどういうこと？」「まあ、石原慎太郎だな」「ああなるほど」と。

12.20

医療従事者が過酷な勤務シフトに悲鳴をあげているというお話に官僚や政治家が冷淡なのは、心のどこかで「忙しいのはけっこうなことじゃないか」と思ってるからだよね。対照的に旅行業者がヒマで困っているのには同情する「ヒマってつらいよね」と。どこまでワーカホリックなんだか。

12.21

掲げている言説の内容にでなく、強く断言する態度に魅了される人々がいる。

社会を製造業におけるコストと歩留まりのメタファーでしか考えられない想像力の貧困さを、自分では「冷徹さ」だと思っている人間って、ほんとうにどうしようもないよな。

マトモなことをまっすぐに言うと「正義ぶってる」「上から目線」「どこのアテクシ様だよ」てな調子でタコ殴りにされてしまう昨今の空気って、たぶんゼロ年代を席巻した「必死だなｗ」式の冷笑を、さらに一歩進めた令和の時代思潮みたいなものなのだろうかね。

この10年ほどの間に、新聞の見出しの付け方が目に見えて劣化した理由は、見出しの性質そのものが「一行で記事の概要を知らせるためのヘッドライン」から、「クリックを誘発して読者を誘引するためのフック」の方向に変質してきているからだと思っている。

12. 22

現職の政治家をリコールするために虚偽の署名を集めたことが、入院したからという理由で免罪されることはあり得ない。ついでに言えばだけど、軽薄で卑怯で嘘つきで邪悪であることを帳消しにできるような病名は、この世界に存在しないと思う。

＊愛知県大村知事のリコール運動において、多数の不正署名が見つかった件。

12. 23

「桜」という日本人の誰もが心の中に持っている大切な宝物を、とりかえしのつかない次元で汚してしまったあの人には「国賊」という言葉がふさわしいと思っています。

12. 27

安倍さんは、ウソをつくと、目が泳いだり、早口になったりする。無意味な接頭辞の数も増える。そういう意味で、わかりやすい。たぶん、正直なうそつきなのだと思う。

正直なうそつきは、うそつきの中では一番能力が低い。かといって、正直者として評価するとこれまた最低の点がつく。なんというのか、人として、能力の面でも品格の上でも、どこからどう見ても最低最悪なのだね。なんだか哀れだね。とはいえ、かわいそうな人間の中では、一番同情できません。

12. 29

そういえば、ずっと昔、フィリピンの女の子に「イン・タガログ・ランゲージ・タカシ・ミーンズ・ランナウェイ」と笑われたことがあった。「リアリー？」と聞くと、「イグザクトリーなプロナウンシエーションだと　タカス　かな」と言われたな。タガログ語で　タカスはランナウェイ。勉強になった。

先手先手と　うそぶくばかり　なんにも先手　寝正月

いや、「先手先手」がいけないと言ってるのではないのだよ。この言葉を使うことがふさわしくないと言いたいのでもない。なんというのか、同じような場面でしつこく「先手先手」を使い続けることのバカバカしさにあきれているだけなのだね。だって、あんまりボキャブラリーが貧しいじゃないか。

12. 30

わたくしども昭和の世代の人間としては、変異種の新型コロナウイルスみたいなややこしいものは「コロナマークII」みたいな言い方で紹介してもらったほうが親しみが持てると思う。親しみを持つべきなのかどうかはともかく。

どうしてツイッターをやっているのかというと、たぶん、会話より独り言の方が好きだからだと思う。

冬将軍が本気を出してきたという報告がいくつか届いてきている。先手先手で外に出ないことに決めた。

12. 31

2020年は、コンピュータ翻訳エンジンの能力が飛躍的に向上した一年だったわけなのだが、このことと関係があるのかどうか、海外メディアの日本語ページの品質が劇的に劣化した一年でもあった。少なくとも3年前までは、これほどひどい日本語がwｅｂ版とはいえ商業メディアに掲載されることはなかった。

先手先手で　千人超えて　目指すはTOKYO 2020（にーまるにーまる）

か。

いっそのこと２０２１年は延期ということにして、このまま２０２０年の13月に突入するのはどうだろうか。

そもそもの話をすれば、観戦と感染が同音異義語であるような国でオリンピックを開催できると考えること自体、どうかしていると思う。

めったにしないことなのだが、失礼な質問をしてきたアカウントをいきなりブロックしておいた。こういうことは年が明ける前に済ませておいた方が良いと思ったので。

このｔｗを読んでいるみなさんも、いやなことは今年中に済ませておくと良いと思います。よけいなお世話ですが。

小田嶋さんが「失礼な質問」と感じたのは、それが質問の形を借りているけれども、実際はツイートしてきた方が「この問いにどう答えるかで、オレがおまえを採点してやる」という採点者の立場を先取していたからだと思う。質問という形を偽装しているけれども、これはいきなり「採点官と受験生」の非対称的な関係に相手を引きずり込む手口である。政治家が記者会見で、質問してくる記者に対していきなり「じゃあ、あんたは…について知っているか」とトリヴィアルな数値や、条文について質問し返すことがある。そして、その問いに即答できないと、「こんなことも知らない人間にこの案件について語る資格はない」と言って、記者を黙らせるということがよく行われている。これが得意な政治家として、すぐに思い浮かぶ人が二人いる（誰かは言うまでもないだろう）。これは質問する人間の方が「採点する立場」になれるという質問の権力性を利用した詐術である。だから、そういう「質問を偽装してマウントを取りに来る」やつは「ブロックする」というのが適切だと思う。

2021

1.4

「経済を回す」という言い方を好む人たちは、回す労働に従事する人間と、回すことによって利益を得る人間が別であることを十分にわかったうえで、「おまえら回せよな」と言っている。私は、「経済を回す」というこの言葉を聞くたびに「一人で勝手に回ってやがれ」と思うことにしている。

「一人で勝手に回ってやがれ」というような鮮やかな啖呵《たんか》は小田嶋さんしか思いつかない。

1.5

安倍&ガースー政権が、初動の鈍さと説明忌避の徹底ぶりにおいて驚くほど一貫している理由のひとつとして、「耳を傾けすぎる政府」みたいな言い方で政権トップの不決断に助け舟を出している人々の存在を挙げても良いのではなかろうかね。

いったい政権中枢の人々が誰のどんな声に耳を傾け過ぎたというのだろ

うかね。いや、耳を傾けた結果がアベノマスクだったりGo Toキャンペーンだったというのなら、傾けられたのは耳ではなくて脳みそのものなのか、でなければ利権のもたらされる方向だったってなことになると思うのだが。

1. 8

仮定の質問には答えないだのと論理派でございってな調子の木で鼻をくくった決め台詞を振り回しておいて、オリンピックの話をさせると「人類がコロナに打ち勝った証」みたいなモロな仮定の夢物語を持ち出して恥じないのだな。

「仮定の質問には答えない」と「個別の事案についてはお答えを差し控える」というのは、日本の政治家がある時期に「発見」した「馬脚を現さないための遁辞」である。ニュース番組でこの台詞を政治家が口にしたら、すかさずお笑い番組でよくやる「がっはっは」という仕込みの笑い声をかぶせたらどうだろうか。恥ずかしくて止めるのではないか。

1. 9

橋下徹氏は毎度毎度政治家の言う「きれいごと」を攻撃する。たしかに政治は「きれいごと」だけでは完遂しないのだろう。しかし、実行過程において様々なやりとりがあるのだとしても、最初に（そして節目ごとに）「きれいごと」を掲げておかないと、政治は必ず腐敗すると思うぞ。

私もそう思う。「きれいごと」は「非現実的」だからそういう言い方をされるのだが、「非現実的な（でも、今よりましな現実をめざす）目標」を掲げない限り、現実を1ミリでもよきものにすることはできない。当たり前の話だ。

1．17

色々と心配だ。

心配しないための情報ばかりを集めている人たちが心配だ。もっと心配なのは、ガチな権力を握っている人たちが、心配せずに済ませるための情報ばかりを選択的に収集している人間たちがもたらす恣意的な助言に影響を受けているように見えることだったりする。とても心配だ。

これほどまでに口下手で優柔不断なリーダーがあらゆる制度や政策を台無しにしている姿を見せつけられているうちに「雄弁で決断力のある決然たるリーダー」を待望する国民感情が醸成されそうで不気味だな。で、軽佻なおしゃべりとウケ狙いの決断を連発している調子ぶっこいたあの男が出てくる、と。

自分が何をしたいのかをうまく国民に説明できない、表現力に乏しい無能なリーダーのもたらす最悪の結果は「自分が何をしたいのか」だけは雄弁に語れる人間を魅力的に見せてしまうことだ。ほんとうにその通りだ。

1.22

官僚機構の慣例や政策推進プロセスをアタマから無視して、個人のSNS発信を通じてスタンドプレーに走るのが河野太郎氏の基本的な政治手法で、その点は「押印廃止」のはんこの写真をアップした時も、イージス・アショア断念のニュースを「フェイクニュース」と断じた時もまったく同じでしたね。

「突破力」というのは、役人のプライドを踏みにじって部下の顔をツブすことではない。「発信力」も報道記者をコケにすることではない。ネトウヨの声援に踊らされてスタンドプレーを続けているうちに、気がついたら周囲には一人も味方がいなくなっていると思う。

河野太郎もどこかで「わかりやすさ」が政治的な求心力たり得るということに気づいて、メッセージの中味よりも、「わかりやすい」ことを優先するようになった人だと思う。そして、政治の世界で一番わかりやすいのは「どちらがボスか」を示すメッセージであるから、それに気づいてから威張り散らすようになった。彼なりに論理的なのである。

1. 23

昭和の時代と比べて「才能を持った人間は報われるべきだ」と考える人々が増えた気がしている。個人的には「才能は才能として認識されている時点ですでに報われている」と考えている。つまり、オレはすでに報われているので、これ以上は求めない。君たちには「ありがとう」と言っておく。

1. 24

「原稿の〆切を延ばす話」が「愛嬌のあるエピソード」でなくなってすでに20年が経過していると思うのだが、最近はごくナチュラルに「マウントを取りに来ている」「武勇伝をカマしている」「大物ぶっている」と解釈されることがわかったので、外に向かっては言わずに、黙って延ばすようにしている。

1. 25

「脳梗塞以来タガが外れたように見えるので心配しています」と、わざわざリプライで言ってくる人は、心配しているのではなくて攻撃しているのであろうなと解釈している。

2. 7

樽としての役割をまっとうすることよりも、残された時間を一枚の板として過ごすことを選んだのであれば、タガは外れた方が好都合なわけだ。

そう遠くない将来、少子化担当大臣あたりが「マイナンバーで婚活」てなことを言い出す気がしている。

たぶんノウハウは統一教会が持ってるわけだし。

当然のことながら、国策カップルのマッチングには医療情報が援用される。と、縁結びのプログラムは、どうしたって優生思想を反映することになるわけで、マイナカップリング推進議員連盟のメンバーは親学だの日本会議だのとカブりまくりになる。いやな世の中だなあ。

「マイノリティ憑依」みたいな雑な言い方で社会的弱者の人権に配慮する立場を冷笑する態度を許すなら、その前にまず「英霊憑依」でもって先の大戦を美化しにかかっている人々の立論をマナイタに乗せないとダメだろう。佐々木俊尚氏にはぜひ「アスリート憑依」の五輪強行論者を論難してもらいたい。

2. 9

「不適切」という言葉はいつも不適切に使われている。

2. 12

「意識高い」という言葉を特定の誰かに適用するカタチで使用する場合、そのニュアンスの本体は「自己陶酔している」「いい気になってやがる」「何様のつもりだこいつ？」くらいになるのかな……というこのツイートもたぶん意識高いご発言と見なされるわけなのか？

「意識高い」は英語ではwokeという形容詞を使うそうである。wakeの過去分詞。私たちが中学生の頃はwokenと習ったけれど、その後流行り出した過去分詞らしい。過去分詞に「はやりすたり」があるとは知らなかった。英語でも同じ意味で「かっこつけんじゃねえぞばかやろ」まで含意するとのこと。

2. 13

好感を抱いていながら、言動が愚かで無神経すぎるために絶交している男がいる。逆に能力の高さに敬意を感じる一方で根性の曲がりっぷりに辟易して近寄らずにいる人間もいる。人間というのはむずかしいものです。オレ自身も含めて。

ただ、趣味や思想信条の違いを超えて、差別主義者とはどうやっても付き合えない。これだけははっきりしている。同じ部屋の中に流れている同じ

2021 2. 14

空気を呼吸することに耐えられない。

「差別主義者とは同じ部屋の空気を吸えない」という感じは私にもわかる。彼らが悪臭を発しているというよりは、差別主義者は「換気しなくても、永遠に同じ空気を吸ったり吐いたりしても生きていける」人だからである。「ちょっと、窓開けてくれない。息が苦しいんだ」と言っても、彼らは意味がわからない。

オリンピックやるの？

ＳＮＳが情報の井戸で、その中を流れるデマが毒であることを思えば、ツイッターに民族差別含みのデマを書き込むことの意味は、おのずとわかるはずだ。おそらく、流言蜚語をばら撒いている連中は自分たちのやっていることの有害さを自覚している。でもって、有害さそのものを楽しんでいるのだと思う。

差別デマの拡散を批判されると「面白がってるだけだよ」「シャレがわかんない？」「笑いに変えてる」と、「ネタ」に逃げ込もうとする。しかし、「面白がる」「笑いに変える」「ネタにする」動作が最も典型的な差別の手法であることを彼らは十分に理解していて、しかも楽しんでそれをやっている。「公僕なら◯◯をやるのが当然」と「無駄な公務員を減らせ」を、同時に主張するのがつまりは維新流で、彼らは、自分たちの言ってることのおかしさに決して気づかない。というよりも、気づくとか気づかない以前に、安定した給与を得ている人間への攻撃欲求を満たせればとりあえずは満足なのだね。

奴隷制度が非人道的なのは、「いくらでも替えがいる」ということが前提になっているからである。ふつうに考えると、奴隷にはできるだけ長生きしてもらう方が奴隷所有者の利益になるはずなのだが、「いくらでも奴隷の替えがアフリカから輸入される」めどが立つと「早死にするほどこき使う方が儲かる」という算盤勘定が立つ。

維新の諸君が理解していないのは「替えはいくらでもいる」わけじゃないということである。だから、公務員の替えも、バスの運転手の替えも、教員の替えも大阪ではいなくなってしまった。でも、「おまえらの替えはいくらでもいる」という啖呵を切った以上、「替えがない」という状態そのものを「想定内」どころか「これを目指していたのだ」と言い張らなければならない。だから、賭けてもいいが、彼らは「公務員の派遣業者への丸投げ」「自動運転のバスの配備」「スーパーティーチャーによるビデオ授業の配信」を言い出す。必ず言い出す。

2.15

森さんが例のスピーチの中で言った「みなさんわきまえておられて……」は、なかなか素敵な恫喝フレーズですね。「わかってるよな？　あ？」という感じの。「水戸黄門」のクライマックスで助さん格さんが持ち出す決め台詞「控えおろう、この印籠が目に入らぬか」を思い出しました。

「笑い」と「センス」をワンセットの言葉として使いたがる人たちは、笑いどころ発見したり笑いのネタを案出したりする作業を、知的に洗練された文化的な営為だと思いこんでいる。ああ気持ちが悪い。「笑い」は、ほかの喜怒哀楽のすべてと同じく、基本的には粗野で暴力的で通俗的なリアクションだぞ。

北方領土が永遠に返還されないのであれば、せめて名前だけでも「安倍諸島」とかにしてくれないだろうか。なんなら「ゴールまで、ウラジーミル、2人の力で、駆けて、駆け、駆け抜けようではありませんか諸島」でも良い。せめて名前だけでも功労者の爪痕を残してほしい。

2.17

学歴詐称は、詐称をたくらむ動機のみみっちさと、詐称が可能だと考える現実認識の甘さの両面から、社会的に葬ってかまわない人間のやりざまだと思う。仮に学歴を詐称した人間が公人や権力者でないのだとしても、個人的には、そんな人物とかかわりを持ちたいとは思わない。

学歴みたいな基礎的な個人情報でウソを言う人間は、あらゆる場面のあらゆる事柄についてウソを並べ得る人間だと考えなければならない。「学歴なんかどうでも良いじゃないか」という擁護はこの場合無意味だ。詐称する人間はどうでも良いと思っていないからこそウソをついている。

学歴詐称は私たちが思っているよりはるかに多い。学歴詐称は簡単である。「人はちょっと調べればすぐにばれる嘘はつかない」という常識を逆手にとっているから。

2. 20

研究者、大学教員、政府委員に求められるのは、愚直でまっすぐなものの言い方だ。コラムニストという斜に構えた逆説を求められる立場のオレでさえ、最近はもっぱら愚直な言葉を心がけている。「皮肉と嫌味が自分の芸風です」なんていうのは、逆説と言語遊戯の達人の台詞だぞ。勘違いすんな。

2. 21

アベノマスクが「契約の過程を残した記録」を開示しない理由。すごいな。厚生労働省は「事務処理上作成又は取得した事実はなく、実際に保有しないため」とし、文部科学省は「文書を保有していないため」としている。つまり存在しない。すごすぎるぞ、これ。

アベノマスクっていうのは、ぼくたちみんながいっしょに見ていたまぼろしだったのかもしれないいな。

3. 6

「オリンピック中止による経済的損失」って、「五輪商売のアガリをあてこんでいた一部の業者が思惑をハズされる」というお話であって、オレら一般国民には関係ないよね？

表記は基本的に先方（メディア側）の要求通りにしている。「子ども」「障がい」式のおためごかしの「交ぜ書き」は、好きになれないのだが。人名では「フィリプ・トゥルシエ」の強要に参った。脳内トルシエに「キミはどうしてこんなスカした発音で私を辱めるのだ？」とねじこまれて土下座したよ。

「障がい」の「障」は「さわる」だから、「害」だけひらがなにしても意味がない。だが、

「しょうがい」にしたらさらに意味がわからない。英語では一時期challengedという言い換えが流行って、「背が低い」をvertically-challenged「垂直方向に不自由な」という表現まであった。それだって結局「背が高い方が生き物として自由だ」という偏った価値観を前提にしていることに変わりはないのに。

3.13

この年齢になってひと通り周囲を見回してみて思うのは、金持ちになるのか貧乏になるのかは、結局のところ運不運だということだな。で、だからこそモノを言うのは教養の有無だと思うわけだよ。というのも、教養があれば、みじめな貧乏人にならずにすむし、下品な金持ちになることもないわけだから。

3.15

あらゆるニュースがスクロールしつつ消えて行く時代だからこそ、事実や発言を定期的に「蒸し返す」人の仕事がとても大切になると思っています。

「ひとりごちる」は、自分で使ったことはないな。日常会話ではもちろん、文章の中でも。なんというのか「いとをかし」とかと同じ箱に入れて死蔵してました。「たまさか」「ゆくりなく」あたりも同じ。「おまんじゅうはいくつあるのかしらん」とも言わない。「ごきげんよう」も言ったことがない。

当然だが「夜寒」だの「野分」だのも使ったことはありません。「うっせえ」は比較的よく使っています。

いまここで言わないとならないことでもないのですが、私は一部の人たちが守ろうとしている「美しい日本語」みたいなものを強く疑っています。それどころか、目の前で「日本語」という言葉を使われるだけで、やや不機嫌になります。自分でも困ったものだと思っています。申し訳ないです。

高校生のころ「あからさま」を「あらかさま」だと思い込んで口にしかけて、少し心配になって辞書を引いてから赤面したことがある。あるえらい学者が「きびすを接する」を「きすびを接する」と言い間違えたのを聴いたときも、別のえらい先生が「脆弱」を「きじゃく」と読むのを聴いたときも、そばに行って小さな声で訂正してあげた方がいいのか、一生間違いに気づかずに幸せに過ごしてもらう方がいいのか、しばらく思案した。ほんとうにどうしたらいいんだろう。

個人的には、渡辺直美さんのコメントへの過剰な賞賛がSNS上でこれ見よがしに拡散されていることと、伊藤詩織さんへの不当なバッシングが一向に衰えないことは、ひとつながりの出来事なのだと思っている。要するにうちの国の男たちは「屈辱の中にあって笑顔を絶やさない女性」が大好きなのだね。

3.19

トラブルに直面した時、「誰も傷つけず」「周囲に迷惑をかけず」「穏便に」「ニコニコ顔で」対処することだけがベストなわけではありません。反対側にはいつも「声を上げ」「抗議し」「周囲に軋轢《あつれき》をもたらし」ながら、自分を貫く選択肢があることを忘れたくないものです。

もちろんニコニコ顔で対処することがいけないと言っているのではありません。ニコニコしておいた方が得な場合は、ニコニコしておけば良いのでしょう。ただ、他人の不機嫌や他者の争い事を嫌うだけでニコニコ生活が実現できるわけではありません。ニコニコな人たちは、要するに特権階級なのですよ。

小田嶋さんは「怒る」のがあまり好きじゃない。怒りであれ、悲しみであれ、悔いであれ、強い感情のときに下した判断はたいてい間違うということを知っているから。それよりは「不機嫌な顔」をする。

「口をへの字に結んでいる」人間は感情的になっているわけではない。内心ではかなり怒っているのだけれど、それをストレートに口にしても、事態が少しも改善するわけではないことを知っているから口をへの字にしている。

3.24

オリンピックは、「中止」と言っちゃったら、それこそミもフタもないので、ここは一番、テレビの中の人たちが発明した「卒業」という素敵な欺瞞の動詞を使うところなんじゃないかな。「東京はこのたびオリンピックを卒業する決断をいたしました」とかさ。ちょっとめでたい感じがするよね。

あるいは、永遠の聖火リレーを続けるとか。それはそれで感動的だと思うよ。

「五輪を卒業する」という素敵なフレーズを思いついたのは小田嶋さんただ一人である。残念ながら、広く人口に膾炙《かいしゃ》するには至らなかった。

2021

4. 2

ワクチンに関しては、独自開発が絶望的であることはもとより、調達、人員確保、接種スケジュールなどなど、あらゆる側面で絶望的に準備が遅れている。これはもちろん河野太郎ワクチン担当大臣の無能さのせいなのだが、それ以上に素人を代打に立ててシカトを決め込んでいる菅総理の責任だと思う。

4. 3

「おもてなしって、いったい誰をもてなすんですか？」

「…………」

「外国人の観客は来ないんですよね？」

「…………」

「無観客の可能性もあるわけでしょ？」

「…………」

「で、どうするつもりなんですか？」

「……あ・て・も・な・し……」


最も実効的でコスパの良いウイルス感染防止策って「群れるな、黙れ」といったあたりだと思うんだけど、それって、うちの国民がわりと苦手な行動指針なのですね。特に政治家とかって、群れてメシ食ってデカい声でわめきちらしてないと仕事ができないと思いこんでるからなあ。バカなのだね。

4.4

この仕事を始めてから知り合ったマスコミの人間はほとんど例外なく「コミュ力」の権化で、実のところそうじゃないとメディアの仕事はつとまらない。オレにも「コミュ力」は一応備わっている。ただ、人付き合いそのものが好きなわけじゃないから、コミュ力を使えば使うだけ疲弊する。うんざりだよ。

「コミュニケーション能力」には、たぶん2つの側面があって、ひとつは「対人交渉能力（アビリティ）」で、もうひとつは「対人交流耐性（レジリエンス）」だ。1番目の能力を持っていても、2番目の耐性を持っていない人間はわりと多い。「対人交際容量（キャパシティ）」というのもあるかな。

もちろん、全部持っている人間もいるし、すべてを持っていない人もいる。まあ、いろいろですよ。

今の日本では、「内輪の語法が通じるサークル内でぺらぺら話す能力」のことを「コミュニケーション能力」と呼んでいる。私の「コミュニケーション能力」の個人的な定義は「コミュニケーションが途絶した状況からコミュニケーションを立ち上げる能力」である。ゼロベースで（あるいはマイナス）から対話の回路を創り上げるのは、なかなかの力業である。小田嶋さんの「レジリエンス」はそれに近い気がする。これは傾いて沈みかけた船がぐいっと立ち上がる様子について使う言葉だ。

4. 10　去年の春に発出されていた最初の緊急事態宣言の時点で予測していた通り、対新型コロナウイルス対策は、マッチョイズムとの戦いになっている。「オレはこわくねえぞ」とかいっていきがっている腐れマッチョ連中に恥をかかせるためには、感染爆発を招くしかないのだろうかね。

4. 30　緊急事態宣言下での都立公園の閉鎖は狂気の沙汰だと思う。連休中の都民に「穏当で安全な外出先」を提供することは、この際、行政の最重要な役割であるはずだ。オープンエアの散策路としての植物園や庭園が危険であるのだとしたら、東京都内に安全な場所なんて畳半畳もありゃしないぞ。

5.　1　菅さんの中では「休んでいる」ということと「呼び出せばいつでも働きはじめられる」ということが、そのまんまイコールでつながっているのだね。独裁者じゃん。

＊菅首相　五輪・パラリンピックの看護師５００人確保は可能「休んでいる人多い」：東京新聞 TOKYO Web https://www.tokyo-np.co.jp/article/101497

5. 3　オリンピックって、もしかして不要不急じゃね？

5. 7　選手村に集う人間たちを「ワクチンによって保護される特権的なアスリート」と「感染リスクの中で無償労働を強いられるボランティアスタッフ」に分裂させることによって成立するイベントを、誰が「平和の祭典」と呼べるのだろうか。

＊選手団のみの優先接種、ボランティアは？　関係者からも疑問の声
https://mainichi.jp/articles/20210506/k00/00m/050/210000c

バッハ楼主「花魁《おいらん》と牛太郎が同格であってたまるかよ」

昔、さる月刊誌に「二次感染者の至福」というスポーツコラムを連載していた。このわかりにくい連載タイトルは「テレビ画面経由で二次的に観戦（感染）するのがスポーツの醍醐味だぜ」てなことを訴えていたわけだが、当時、十数年後に五輪がガチな感染イベントになることは予想していなかった。

5. 9　コロナ禍にあえぐ一般国民の忍耐をよそに、オリンピアンたちが、
2021　IOCによる優先的なワクチン接種を受け、選手村での毎日のPCR検査

を黙って享受する姿を晒すのであれば、「アスリートへのリスペクト」という、五輪を五輪たらしめている最も大切な前提が毀損されることになるのではあるまいか。

5. 10 バッハ来日やめるってよ

＊バッハ IOC会長の来日延期を発表
#ldnews https://news.livedoor.com/article/detail/20167296/...

5. 14 もしかして「平等」の対義語を「効率的」とすることが閣議決定されたのか？

大規模な作業の遂行に当たって、効率性と平等性が対立する局面はたしかにある。とはいえ、効率と平等は対立概念ではない。折り合えるポイントは必ずある。それを見つけるのが行政だろう。河野太郎氏の発言は平等と効率がトレードオフであるかのように見せかける悪質なミスリードだと思う。

河野太郎氏のあからさまなミスリードにひっかかって（あるいは、ひっかかったふりをして）「効率か平等か」みたいな議論を始めてしまっている人間が大量に出現していることに失望しています。

5. 15

ツイッターは人々の読解の不確かさを可視化してくれたと思うのだが、なかでも、「読解力」と呼ばれているものが、知的な能力の高低（「読解できる／できない」）よりも、読む側の人間の中に備わっている偏向（「読解したい／したくない」）に、より大きく依存している点を明らかにした点が印象深い。

5. 19

レガシーという言葉を使う人間とはできれば話をしたくないな。

5. 21

もはや外面をとりつくろうことをしなくなっている。自分たちがナマの差別意識をストレートに吐き散らかしていることへの危機感すら抱いていない。真正のトンデモ政党に成り果てたのだね。

＊「種の保存にあらがう」自民議員のＬＧＢＴ差別相次ぐ：朝日新聞デジタル
https://www.asahi.com/articles/ASP5P64JMP5PUTFK001.html...
（記事抜粋）ＬＧＢＴなど性的少数者をめぐる「理解増進」法案を議論した20日の自民党会合で、差別や偏見に基づく発言があったことが分かった。自民党内の一部に残る差別意識を示すものだ。同会合では、法案の目的や基本理念に「差別は許されない」と加える修正をしたことなどに異論が相次ぎ、了承が見送られた。
会合は非公開で開かれたが、複数の出席者によると、簗和生（やなかずお）・元国土交通政務官（42）＝衆院栃木3区、当選3回＝は「生物学的に自然に備わっている『種の保存』にあらがってやっている感じだ」と述べた。こうした主張を口にできなくなる社会はおかしい、との趣旨の発言もあったという。

「差別意識」はいい大人の場合は無自覚に出るものではないと思う。「これを口にすると『差別だ』と言って怒り出すやつがいるな」ということがわかっていて、「そいつ」の足を思い切り踏むという政治的なパフォーマンスである。そして、それを見て喜ぶ人間がいて、自分に投票してくれることも勘定に入れている。そういう、きわめて政治的な、計算ずくの行為である。だから、「あなたはその差別的立場を貫くことに政治生命を賭けるか？」と詰め寄ったら、簡単に前言を翻して「真意が伝わっていない」とか「発言の一部を切り取られた」と言って「差別する気はなかった」と言い逃れようとする。卑怯だ。

いや、びっくりした。本当に心から驚愕している。まさかここまで来て

しまうとは。適切な言葉が思い浮かばない。とにかくびっくりしている。芸のない言い方だが。オレとしたことが、言葉を失うとは……

「とてつもない日本」©麻生太郎は、すでに実現していたのだな。

とてつもないことが起こり始めている。

わたしたちはとてつもない国で暮らすとてつもない国民です。このことをひとりひとりがかみしめながら目の前にある日常を大切に生きて行きましょう。

自分たちが、オキュパイドジャパンで暮らしていることを、この一年で、しみじみと思い知らされた。すこし悲しい。

＊「とてつもない日本」（新潮新書）麻生太郎著　2007．6．10発売

自衛隊は、誰の持ち物でもない。なのに、愚かな政治の身勝手な思惑に翻弄されて、あれこれと無理難題を押し付けられている。気の毒でならない。いっそ自分の食い扶持を自分で稼ぐ独立採算の組織として生まれ変われば、活躍の場は広がるはずだ。名称は「自営隊」に改める。応援する。がんばってくれ。

5. 29

🐦これ、マルチの勧誘集会で書かされるペーパーだよね？

＊コロナも熱中症も「自己責任」－ＯＣ、東京五輪選手の同意書で－毎日新聞
https://mainichi.jp/articles/20210528/k00/00m/050/395000c...

6. 1

🐦問：「オリンピックのマークはどうして5つの輪なのですか？」
答：「輪は、中抜きを表現しています」
問：「どうして輪が5つ重なり合っているのでしょうか？」
答：「複数の中抜きの主体が、相互に協力しながら、ひとつの運動体として機能していることをあらわすためです」

🐦菅首相の無能さは「できるはずのことをやらない」「やるべき仕事から逃げる」「答えるべき言葉を言わない」といったあたりなのだが、河野太郎氏は「能力を超えた仕事に手を出す」「不必要な言葉を吐く」「できもしないことを始める」タイプの無能さだ。いずれがより有害であるかの判定はむずかしい。

🐦人間をインセンティブでコントロールせんとしているのが、たとえば、中小企業の営業課長なら、たいした実害はない。でも、ワクチンの優先配送

をエサに自治体をコントロールできると思い込んでいるバカが、一国の大臣であったのだとすると、その国の未来は明るくないぞ。

＊河野太郎行政・規制改革相（当時）が記者会見で接種実績が上位の5県にワクチンを優先配分することを発表。

6.2

五輪＋五輪＝蹂躙《じゅうりん》だよ。

6.5

ていうか、いま、オリンピックに向けてわれわれが準備しておくべきなのはむしろ「パブリック・ブーイング」なのではあるまいか。

政府に任命された分科会の提言が「個人的な研究」なら、国会議員が国会でやりとりしている言葉や、閣僚による閣議決定も「雑談」てなことになる。それ以上に、首相ならびに官房長官が記者会見で発信している言葉を「寝言」「世迷い言」に分類しないとスジが通らなくなる。ま、寝言だけどさ。

「レッテル貼り」がレッテル貼りで、「ダブルスタンダード」がダブルスタンダードで「印象操作」が印象操作であるということは、何度強調しても足りないと思っている。

6.7

何年か前、J-WAVEの津田さんの番組に呼んでもらった。その時、六本木ヒルズのフロアを歩いていて、竹中平蔵氏と至近距離ですれ違ったことをおぼえている。「黄巾の乱平定の陣幕で董卓に会った時に、ひとおもいに退治しておけば……」と、張飛が繰り言を言った気持ちが少しわかる。

6. 9

「論敵の主張を極端化したうえで論破する手口」をけっこうな大人が大得意で振り回していることに驚愕している。「ゼロコロナはあり得ない」→「だから怖がるのは無駄」とか。とすると、どんな病気だって完璧に根絶はできないわけだから、医療はまるごと無意味てなことになるぞ。それでいいのか？

相手の言い分を極端化して、「それはいくらなんでも無理」という結論に導くのは、あらゆる「論破術」の基本である。このテクニックを使う人たちは世の中の問題のほとんどは「原理の問題」ではなく、実は「程度の問題」だということがわかっていないか、知らないふりをしている。

カルトと伝統宗教の違いは、「超越的なもの」を信じるか信じないかではなく、信じたせいでどれくらいのものを失うのかで決まる。宗教儀礼に割く時間が一日三十分の「お勤め」なのか一生分のご奉仕なのか、お賽銭箱に投じるのが５００円玉一個なのか家財を売り払った1億円なのか、その程度の違いが決定的なのだ。

6. 11

これ、「干す」「脅す」がマズいのは、ものの言い方として反社っぽいからだけではない。むしろ『仕事を回すことそのものが利権であることを発注者みずからが明らかにしている点』がより深刻だと思う。近未来の巨大利権を差配することになる官庁のリーダーとしてあり得ない発言です。

＊https://www.asahi.com/articles/ASP6B73PZP67TIPE01M.html

「徹底的に干す」「脅しておいて」平井大臣、幹部に指示

（記事抜粋）東京オリンピック（五輪）・パラリンピック向けに国が開発したアプリ（オリパラアプリ）の事業費削減をめぐり、平井卓也デジタル改革相が今年４月の内閣官房ＩＴ総合戦略室の会議で同室幹部らに請負先の企業を「脅しておいた方がよい」「徹底的に干す」などと、指示していたことがわかった。

6. 12

他人の感情を「お気持ち」と呼ぶ人たちは、敬意をこめて敬称を付加しているのではない。「おやおやそれは悔しかったでちゅね」てな調子で大人がお子ちゃまをからかう時の口調で、あえてていねいな口のききかたをしている。おぼえておこう。「お気持ち」という言葉を使う人間は感情を軽蔑している。

6. 16

「日韓関係を改善したところでかえってコアな政権支持層の離反を招くだけだ」と思い込んでいる人たちは「LGBTに寄り添ったところでかえってコアな政権支持層の反発を招くだけだ」と思いこんでいる人たちでもある。その種の石頭が官邸の周辺（具体的には富ヶ谷）にいることが、事態を紛糾させている。

つまり、現政権は「隣国に対して友好的にふるまったりLGBTの人権に配慮したりすることに反発するコアな政権支持層」という、自らが育てた鬼っ子に引きずられているわけだ。なんか、コアな読者層に媚びたマニア向け雑誌が、廃刊に向かって突っ走る姿に似ているよね。

6. 19

「競技場に来い。でも声出すな。群れるな。まっすぐ帰れ」って、「傾城の恋はまことの恋ならで　金持って来いがほんのこいなり」みたいな話だわな。

＊【詳報】首相「五輪は直行、直帰を」観客入り前提で説明：朝日新聞デジタル https://www.asahi.com/articles/ASP6J759JP6JUTFK02S.html… #新型コロナウイルス #政治タイムライン

予言しておくが、そのうちＮＨＫの朝ニュースが「チケットを購入したうえで自宅でテレビ観戦するリモート応援が静かなブームになっています」てな調子のニュースを流すと思う。でもって、番組アシスタントの女子アナが「感染ゼロ観戦ですね（はあと）」と、笑顔のリアクションをキメるのだな。

「安全」という客観基準と「安心」という主観的な指標をごちゃまぜにして語りたがる人々が狙っているのは、科学的な検証を伴わないあくまでも主観的な安全神話と、人々の心に届かないまやかしの安心洗脳で事態を乗り切ることなのであろうな。

カネがほしくて五輪を強行するというのならまだ話はわかる。でも、今回の五輪はもはやパソナ以外誰も儲からないことがわかっているのに、それ

でもメンツだの体面だののために引っ込みがつかなくなっている。勝てないことがわかっていながら撤退できなかった前の戦争と同じ流れ。狂気だよ狂気。

「一度始めたことは止められない」というのは日本社会の宿痾《しゅくあ》かも知れない。それは「あらゆるシステムは故障するので、それがもたらす被害を最小化する」という配慮を指す日本語の単語がないことからも分かる。

英語には「フェール・セイフ（fail-safe）」という単語がある。「故障」と「安全」の合成語である。意味は「故障したときには安全な側に」である。

あらゆる装置やシステムは故障する。だから、正常に機能しなくなった場合には、必ず安全な側に作動するように設計する必要がある。例えば、踏切の遮断機が何かの理由でコントロールできなくなった場合には、必ず「下がって止まる」ように設計する。自動車のエンジンが故障してコントロールできなくなった場合には、必ず「回転が止まる」ように設計する。装置やシステムが故障した場合には、最も被害が少ない壊れ方をするように設計する。

この思想が日本社会にはない。それは「味方の作戦がすべて成功すれば、皇軍大勝利」というシナリオを書いた陸軍参謀が累進を遂げ、「味方の作戦がすべて失敗した場合の損害を最小化する」ために知恵を使う人間が左遷された大日本帝国戦争指導部から現代の政治家やビジネスマンまで少しも変わらない。まったく少しも変わらない。

6.22

まとめると7月開幕のオリパラについては
・観客は入れるよ（1万人）
・客席にいる関係者、スポンサーは別枠だよ
・動員の小中学生も別枠ね
・酒は売るよ
・選手村は飲酒ＯＫな
・メディアは日本の悪口言うなよ
ということですね

酒を売る会社は、最低限カッコつけてないとダメだと思う。今回、アサヒビールはカッコ悪かった。無論、半分は丸川珠代の「ステイクホルダー発言」のせいで、アサヒは被害者でもある。でも、それにしても、事後処理が猛烈にカッコ悪かった。これは致命傷になる。酒飲みはカッコ悪い酒は飲まないから。

＊丸川珠代五輪相が五輪会場での観客への酒類販売容認に関して「大会の性質上、ステークホルダー（利害関係者）の存在を念頭に組織委が検討される」と発言。一般の飲食店での酒販売には制限がかかっていることもあり批判の声が上がり、一転して見送ることとなった。酒類の提供・販売の契約を結んでいたアサヒビールにも非難が集中した。

6. 28

なめくじを踏んで知る夜の暗さかな

「意識高い系」と「冷笑系」は、対極に位置する存在で、なおかつ、互いに互いを蛇蝎のごとくに嫌っている。とはいえ、直接ぶつけることで対消滅できるのかというと、そうは行かない。たぶん「意識高い冷笑系」という感じの最悪の鬼っ子を生み出すと思う。ホリエモンだとかひろゆきみたいな。

無理やりに定義すれば「意識高い系」→「自己利益に貪欲な人間」、「冷笑系」→「他者の感情に冷酷な人間」だと思うわけなのだが、してみると「意識高い冷笑系」は「自己利益と自分の感情は必死で防衛する一方で、他者の立ち場や感情は一切顧慮しない人々」てなことになる。いるよね。こういうヤツ。

7. 1

世界の大きさを変えることはできないが、世間は心がけ次第でいくらでも狭くできる。この先、何年寿命があるのかはわからないが、ともあれ、不必要な他人にわずらわされるのはごめんこうむりたいと思っている。

7. 2

程度の副詞（「とても」「非常に」と同義）として「めちゃくちゃ」しか使わないアカウントがいて、もしかして「全日本めちゃくちゃ普及協会」的な謎の日本語破壊秘密結社から「めちゃくちゃ」使用1回毎に100円とかのアフィリエイト広告費が振り込まれるのではなかろうかと思ったのだが。

キーワード検索でツイッター内の用語使用の実態を調べてみると「めちゃくちゃ」を使う人間がめちゃくちゃに増えている。ということは、全日本めちゃくちゃ普及協会の活動は、めちゃくちゃに成功している。そんなわけなので、オレにも7回分振り込んでくれないだろうか。

7. 6

無能さは、体現している人物の地位の高さに比例して、その有害さを増す。町内会長の無能はご愛嬌でも、市長の無能は笑い事ではない。閣僚の場合、その無能は大規模災害に匹敵する。内閣総理大臣の無能は、文字通り「国難」そのものとして受け止めなければならない。

無能なリーダーの下では、メンバー全員が無力感を共有せねばならない。このことがもたらす生産性の低下はバカにならない。わが国では、この

10年ほど、テレビの画面に映し出される内閣総理大臣の肖像を通じて、毎日新鮮な無力感が供給されている。これは国難だぞ。

「有能」というのは個人的な資質のことではない。その人がいるせいで、周りの人間のパフォーマンスが向上して、１００の力の人が１２０の力を出せるような場を創り出すことができる人のことを「有能」と呼ぶ。

「知的」も同じである。個人的にどれほど知識があっても、弁が立っても、その人がいるせいで、周りの人間がみんな気分が滅入ってきて、何もやる気がしなくなるとしたら、その人は集団の知性の活動を妨害している。

日本がこの「失われた10年間」で経験したことはまさにそれだった。リーダーが知性を欠いていると、集団全体の知的パフォーマンスが低下する。リーダーが倫理性を欠いていると、集団全体が利己的な行動をし始める。

7. 8

いや、たとえばの話、いちじるしく音程の良くない人の歌を聴かされていると、こっちの音程が狂ってしまうというのは、実際にある話で、菅さんの話は、それに近いと思う。こっちのアタマのチューニングがズレてくるのが自分でもわかる。それで危機を感じてテレビを消すわけなのだよ。

7.10

ここへ来て、ＮＨＫは、地上波もＢＳもあからさまな五輪アゲアゲ方向に舵を切ってきましたね。

主語の大きさを指摘して何かを言ったつもりになっている人間が増えている。問題は主語の大きさ自体ではない。大切なのは、主語の大きさに見合った検証が為されていることと、大きい主語で語るに足る内実が存在していることだ。主語の大きさだけを機械的に測定して文句を言う態度はばかげている。

7.11

今年の新年の抱負が「余計なことを言わない」だったことをふと思い出したのだが、すでに余計に生きてしまっている以上、すべての言葉は余計なことに含まれてしまうのであった。

7.13

言い間違いとかじゃなくて、ガチで区別がついてないんだと思う。

っていうか「最も大切なチャイニーズピープルの安全を確保するためにトーキョーでオリンピックを開催するのである」ということなら、話としてスジは通っている。完全にロジカルだ。

＊バッハ会長痛恨　日本人と中国人を言い間違い「最も大事なのはチャイニーズピープル」（デイリースポーツ）
#Yahooニュース https://news.yahoo.co.jp/articles/51efa0c4a79e388fce00edb8f1d5be51054
24cf2…

「言い間違い」はその人の抑圧された無意識を露呈させる。これはフロイトの卓見である。ＩＯＣにとって「最も大事な金主は中国人」だというのはその通りである。もう日本人からは搾り取れるだけのものは搾り取った…という気の緩みがバッハの「バカな日本人たちに屈辱感を与えてやりたい」という抑え込んで来た欲動に点火してしまったのだと思う。

7. 17

安全・安心は、本来なら五輪を開催するに当たって「確保されているべき最低限の前提条件」に過ぎない。ところが、いつの間にやらそれが「目指すべきゴール」や「開催の大義名分」に読み替えられてしまっている。アタマが狂っているとしか思えない。

っていうか「前提条件」（←事業の存続とか）がすなわち「到達目標」であるような企業があるのだとしたら、その会社は、すでに倒産の危機にあるということだよね？「とにかくどんなことをしても生き残らなければならない」とか、社長が言い出したら、オレはそんな会社辞めるよ。

7.18

五輪は開催国のガバナンスを展示するショーケースなのかもしれない。そう思って観察すれば、なかなか興味深い社会実験なのだね。

五輪というフィルターを通すと、バカがバカであることを隠すことは、ほぼ不可能になる。そう思ってみるとこんなに面白い見世物はなかなかないぞ。

そういえば、地元のケチくさい祭でも、毎度あられもないチンピラっぷりを露呈する連中が続出しているわけで、祭というのはバカをあぶり出すシステムとしてわれわれの社会があらかじめビルトインしている定期メンテナンスの一部であるのかもしれない。

7.19

組織委がよりにもよってあの男を拾い上げたことは、「無知」で説明できる範囲の話ではない。名前を検索するだけで、ヤバい話が何十ページも出てくることは周知の事実だったわけだから。要するに組織委のおっさん連中は、身体検査を怠ったどころか、何ひとつ「知りたくなかった」のだな。バカだよ。

＊小山田圭吾問題について

ある時期から、「クリエイティブ」ということと「良風美俗を侮ること」が混同されるようになってきた。たしかに独創的な人はしばしば非常識なふるまいをする。けれども、それは非常識なふるまいをする人が独創的であるという意味ではない。

90年代と現在で「いじめ」への見方や態度が変わった部分もあるのだろう。しかし一番大きく変わったのは「知名度」の扱いだと思う。20世紀までは、有名人ならたいていのことが許された。それが21世紀に入ると（特に２０１０以降）知名度を持っている人間は、些細《ささい》な逸脱さえ許してもらえなくなっている。

ひとつには「有名人」になるまでの時間と手間が昔に比べてずいぶん短縮されたということもあると思う。YouTuberは携帯一個あれば、発信を開始できる。簡単に有名になれるということは、「次から次へと有名人が登場してくる」ということであり、人間が認知できる有名人の数には上限がある以上「次から次へと有名人に退場願う」ことが必要になる。別に日本人がとくに残酷になったわけではなく、「入れ替わりがめまぐるしくなった」ということに過ぎないような気がする。

7.21

ここへ来て「ぼくは世間の空気にうっかり乗せられて、五輪中止を声高に叫ぶような付和雷同型の人間じゃないんだよね（笑）」式の逆張りをはじめているメディア企業社員やテレビ有名人が目立ち始めているわけなんだけど、君たちって五輪アゲアゲムードに乗せられている典型的な付和雷同型だよね。

7.22

「キャンセルカルチャー」は極めて雑な言葉で、個々の事例の背景にある関係性や時代性や特殊性をまるごと無視している。しかも、この用語を持ち出してくるのは、ほぼ例外なく「告発している側の人権」よりも「告発されている側の不利益」に共感している人間だったりする。

「キャンセルカルチャー」とは主に芸能人や政治家を対象に、過去の犯罪や不祥事を掘り起こし、炎上させて社会的地位を失わせる運動のことで、２０１０年代にアメリカで生まれた。アメリカでは遠い昔の軍人や政治家までがキャンセルの対象となり、その銅像や記念碑が公開の場から撤収された。

本来は、そのような地位にあるべきではない人間であることを示して、社会正義を実現する運動だったはずだが、ある時点からキャンセルカルチャーは「告発された人」が名声を失い、地位を失い、転落してゆくさまを「楽しむ」嗜虐《しぎゃく》的な娯楽の様相を呈してきた。

人が何かを失うことを、自分の得点にカウントするというのは、合理的なふるまいではない。でも、だんだんそうなってきた。まわりのみんなが有限な資源を奪い合う競争相手だと考えれば、いま「いい思い」をしている誰かがその地位を失うことは、競争上は自分に「有利」な展開になったと考えることもできるからだ。

しかし、過去を顧みて一点の疚《やま》しさもないというような人間はこの世にはいない。ということは、あらゆる人間はつねに「キャンセルされる」可能性があるということである。でも、全員がお互いに過去の失言や非行を探って時間を過ごしている社会は住み心地が悪そうである。住み心地が悪いだけでなく、生産性の著しく低い社会になりそうである。

新しく「よきもの」を創造することよりも、自分の過去を隠蔽したり改竄したりすることの方が優先するような社会に未来はない。そういう「キャンセル」専門の人間のことを古い日本語では「金棒曳《ひ》き」と言った。

1950年代のアメリカではジョゼフ・マッカーシー上院議員が「アメリカの政府機関内にはソ連のスパイがうじゃうじゃいる」ということを言い出して世間の耳目を集めた。このとき、アメリカ政府が犯した致命的な過ちは、マッカーシーに向かって「じゃあ、君が探して連れてこい」と言わずに、政府機関に向かって「自分たちの機関にはスパイがいないことを証明しろ」と命じたことである。ある組織内にスパイが一人いることをみつけるのはそれほど難しくない。でも、一人もいないことを証明するのは絶望的に困難である（だから「悪魔の証明」と言われる）。アメリカの政府機関はうっかりして、マッカーシーのようなろくでもないチンピラ野郎に自分たちのオフィスの中を歩き回られるのが嫌さに、「自分たちで無罪を証明してみます」とぽろっと言ってしまったのである。そのせいで4年間にわたり、アメリカの行政機構は「ソ連のスパイが組織内にいないことを証明する業務」を最優先させて、通常業務ができなくなり、機能不全に陥ってしまった。

この事例が教えてくれる最も有意義な教訓は、「キャンセル・カルチャー」が機能するためには、他人の過去の失言や非行の点検業務はできるだけ「まともな人間」にやらせた方がいいということである。そして、もう一つの教訓は、ふつう「まともな人間」は生産性の高い人なので、そういう人にそんな仕事をさせると組織的には巨大な損失を生み出すということである。

2021
7.23

私が河野太郎行革担当大臣を本格的に見限ったのは昨年の夏「医療従事者にエールを送る」だのといったたわけた理由でブルーインパルスを飛ばした時でした。「こいつは配下の人間を私兵として扱う人間なのだな」と思ったからです。「目立ちたがりのバカ」であることはそれ以前から知っていましたが。

ブルーインパルスを見て無邪気に感激している人の数の多さにダメージを受けている。もちろん、こうなることは予測していた。ただ、予測していたからといって落胆しないわけではない。あの人もはしゃいでいる。はしゃぐだろうとは思っていたが、やっぱりはしゃいでいる。がっかりだ。

青空に吸い込まれていく編隊飛行のスモークを見上げて胸を高鳴らせている人々のうちの何割かは、一糸乱れぬ国軍の分列行進や圧倒的な火力を誇る最新鋭の重火器のスペックに胸を高鳴らせるのだと思う。この世界から戦争をなくすのは簡単な話ではない。

7. 24

聖火リレーの最後のパートに医師と看護師を起用した判断に「素晴らしい演出ですね」てな感じのツイートを投稿したアカウントがいて、でもって、そのツイートに「いいね」が、続々とぶら下がって行くのをリアルタイムで眺めながら「ああ、ぼくたちは永遠にチョロい国民なのだな」と思ったことでした。

7. 25

月曜日からこっちあれこれ体調が最悪だったので、ほぼスイカとメロンで食いつないでいる。だんだん背中が固くなってきている気がする。来週の半ば頃にはカブトムシになっているかもしれない。ある朝目覚めて、一匹の甲虫になっていたら、小説を書いてみようと思っている。

7. 27

五輪の開会式に医療従事者が望んだのは、聖火リレーの最終パートで注目を浴びることではなくて、医療逼迫《ひっぱく》のアピール（もっと言えば「五輪開催の断念」）だったと思うのだが、実際には聖火の絵ヅラとして利用され「すばらしい演出」などという白々しい拍手のネタにされた。オレは忘れない。

8. 4

２０２１年８月４日、とりあえず、最新の画像にアップデートして、再出発することにしました。事情は説明しません。追って説明するかもしれない。しないかもしれない。とにかく、アカウントを消していないことだけをお知らせしておきます。

すこし痩せてすっきりしました。とりあえず、お知らせしておきたいのは、それだけかな。痩せた理由は、まあ、色々だけどそこはいまのところ曖昧にしておきます。

8. 5

あの男は、問題外の外側で何が起こっているのかを問うことが、品のない仕草だという、一般人の気後れの裏をかくカタチで、常識外のバカを仕掛けてくる。その結果、リコール名簿不正という、言語道断の犯罪行為が、あらまあびっくり、どこかに吹っ飛んでしまっている。

＊名古屋市の河村市長がソフトボール日本代表チームのメンバーで、名古屋市熱田区出身の後藤希友投手と面会し、金メダル獲得の報告を受けた際、後藤投手から首にかけてもらった金メダルを手に持ったあと、突然、口に入れて噛んだ一件。その後、各方面から批判の声が起き、金メダルは新しいものに交換された。

件《くだん》の市長の一挙手一投足が、たとえようもなくキモかったことは、映像を見れば誰にでもわかる。その意味で、あれはグロ画像だったのだと思う。ただ、それはそれとして、メダルを神聖視してやまない人々が、この国の圧倒的多数であることには、あらためて驚かされた。これより先のことは言わない。

8. 6

ここへ来て、橋下徹&維新界隈&竹中平蔵、ならびに菅義偉とその配下にある官邸官僚を含む「自助大好き&公共破壊&国富切り刻みを画策する新自由主義の政治ゴロ」たちが、コロナ禍で動揺する国民感情につけこむカタチで、国民皆保険制度を解体に追い込もうとする意図が露骨になって来ましたね。

8.8

理屈の通らないことに遭遇したら、多少とも腹を立てるのは当然のことだ。なにも道の真ん中で仰向けに寝転びながら手足をバタバタさせているわけじゃあるまいし、「これはおかしいのでは?」「こんなことがあっては困る」と指摘することそのものは、きわめてマトモなことだよ。

議論が発生するたびに「冷静合戦」「オレは感情的になってないよ勝負」に持ち込みたがる人々が増えたのは、文字を介した時間差&観客アリの論争を、ショーとして見物する文化が広まったネット巨大掲示板&SNS普及以降の話なんだろうね。で、そのチャンピオンが、ひろゆき、と。

「逆張り」と「冷静合戦」という論争スタイルがネット上で支配的なものになったのは、この「インフルエンサー」の「功績」と言ってよいだろう。でも、もしかすると、「賢い」ことと「賢そうに見えること」を混同させる彼らのスタイルは、この10年間の政治家たちが「やっている」と「やっているように見える」ことを意図的に混同させてみごとな成功を収めてきたことの帰結なのかもしれない。

8. 14

気象庁が「これまでに経験したことがないような大雨」という言い方で警告を発する度に「誰が？」と思ってしまう。「その地域に住んでいるみなさんが」なり「当該の地域で暮らす人々が」なりの、「主語」を補えば良いだけだと思うのだが。気象庁のＨＰでは説明されているのだし。

8. 17

おっさんたちは何かのために群れているのではない。むしろ、群れるために何かをしている。だから、彼らは◯◯連盟だの◯◯部だの◯◯研究会だのをこしらえて、定期的に集まりたがる。で、参集して、顔を合わせて、豪傑笑いをして、そういう自分たちを誇らしく思っている。心の底からバカだよね。

8. 19

先日来、橋下徹氏は、新型コロナウイルスが猛威をふるっているこの機会をとらえて、一般国民や医療従事者に対して、政治家が、命令をくだし、行動制限をかけ、罰則を科すための法律を制定する提案を繰り返し発信している。マジで危険な人間だわな。

橋下徹氏は心底「管理」が好きなんだと思う。でも、彼は「創造と管理は食い合わせが悪い」ということを知らない。ふつう、組織は何かを創り出すためにある。でも、彼にとって組織は「何かを創り出すもの」であるより先に「管理すべきもの」である。たぶん「きちんと管理されていない組織は何も創り出せない」という信念があるのだろう。いかなる経験によって裏付けられた信念か知らないけれど。

でも、「管理したり、査定したり、評価したり、賞罰を与えたり」ということだけで一日が終わった場合に、その組織は価値あるものを何一つ生み出していないことになる。価値あるものを何も創り出していない仕事のことをデイヴィッド・グレーヴァーは「ブルシットジョブ」と呼んだ。

管理はもちろんある程度は必要である。でも、「ある程度」を超えると害の方が多い。そのこととの危険性に気づいていない人が多い。当然ながら、管理する側の人間の多くは気づいていない。日本がここまで衰退したのは、そういう人たちが組織の管理者の地位を占め続けて来たからである。

8. 26

「Jリベラル」という揶揄のしかたがあるという学びを得た。

9. 3

憲政史上もっともみっともない引き際だと思う。宇野総理を超えたな。

＊総裁選で菅氏を頼む運動せず　おひざ元、自民神奈川県連幹事長が発言
自民党神奈川県連の土井隆典幹事長は2日、総裁選に向けた会合後、記者団の取材に応じ、衆院神奈川2区選出の菅義偉首相について、「何とか支えたい気持ちもあるが、目の前の衆院選を勝つにはどうするか考えないといけない。総裁選が行われる中で党員の声をしっかりと受け止めたい。県連としては特に、菅さんを頼むという運動をするつもりは一切ない」と述べた。https://twitter.com/asahi/status/1433443608175079427

総裁は　すがるに足らぬ　お人柄

9. 4

リオデジャネイロあたりでのんびりと老いを養うのはどうだろうか。ちょうどマリオの土管もあいていることだし。

いまこの時に菅義偉氏に慰労の言葉をかけることでいい人ぶる人間を私は信用しない。「おつかれさま」だのといったセリフは、棺の蓋に釘を打ち込む時に言えば良い。いまは、振り返って蒸し返して総括して、批判して、槍玉にあげるべき時だ。それをしないと、われわれは前に進むことができない。

菅さんに退任前の時間を使って成し遂げるべき仕事があるのだとすれば、安倍政権の旧悪を暴くことだと思う。菅さんは、それらを可能ならしめる資料と情報と権力を持っている。そうしてかまわない仕打ちを受けてもい

る。コロナ対策は、お役人と専門家に委ねておけば良い。あんたの出る幕ではない。

9. 5

安倍晋三氏から見れば、菅義偉氏は、弁舌的にゼロだし、血統も実績もサエない。政治思想の上でも共鳴しないのだろう。とはいえ、功労と恩義なら誰よりも大きいはずだ。その菅氏を見限って高市早苗氏の支援にまわるのは、安倍晋三氏という政治家の国粋思想への狂奔を示唆していて不気味だよね。

9. 6

バカな人間がバカな人間であり続けるためには、自分がバカである自覚を一瞬たりとも抱いてはいけない。これは簡単なことではない。なので、多くのバカな人間は、あるタイミングで自分のバカさに気づいてしまい、その時を機に次第にバカでなくなって行く。河野太郎氏は稀有な例だと思う。

9. 10

「バカな方の太郎がまた何か言った」という情報を得たのだが、どっちだ？

9. 12

河野太郎新総裁のもと、総選挙に打って出たまでは良かったものの、公示直前のタイミングで、世にもくだらないスキャンダル（パワハラorカネor下半身）が発覚して、まず自民党の単独過半数が潰える。でもって公明党が離脱して政権交代に至る……という予測は、いくらなんでも虫が良すぎるかな。

9. 15

「親中メディア」という言葉を使う人々が、そんなに珍しくないことにあらためて驚いている。もしかしてオレあたりは「親中ライター」に分類されているのだろうか。まあ、中華料理はわりと好きなわけだが。

9. 18

特に面白くない時はなるべく笑わないようにしたい。お愛想のために笑う習慣は排除したい。笑顔は人々のコミュニケーションを円滑にする一方で、メッセージのカドを取ってあらゆる言葉を曖昧にしている。少なくとも文字ベースのやりとりでは、笑いは有害な機能を果たすことの方が多い。

企業でも宗教団体でも学校でも同窓会組織でも応援団でも同じことだけど、この国の人間は同じ目的のために集まった集団のメンバーになった瞬間に品性と知能指数を失う傾向を持っている。個々の人間を個別に見ればわりと上品で賢いのに、集団の中の日本人はバカ揃いだと思う。

オレの見るにうちの国には本物の左翼が育っていないし、本物の右翼もいない。右顧左眄《うこさべん》して右往左往している日和見の腰抜けだらけだよ。

9. 19

ツイッターなりSNSなり一般世間の付き合いなりを円滑ならしめている技巧が、質問を回避したりブロックしたり無視したり黙殺したりする工夫（←まああたりまえだよな）であるのに対して、政治家の主務は「雑多な質問に答えること」に尽きる。河野太郎はそこのところがわかっていない。

9. 20

大臣が怒鳴りつけている相手が官僚だと、いきなり大臣を応援するあさましい人間たちの感覚を「維新アタマ」という呼ぶのはどうか。

9. 21

タイムラインを眺めていると、人々をとらえている「ポジティブなメッセージを発信せねばならない」という強迫の大きさにあらためておどろかされる。君たちはそんなに「いい人」だと思われたいのか？　気にいらない出来事やいけ好かない人物は遠慮なく非難しろよ。それが「発言」ってことじゃないか。

9. 22

電子書籍が伸長することにあまり快い感情を持っていない書店員や出版業者がまだ残っている。少部数の出版物やロングセラーを狙う本や、再販されないまま絶版になっている過去の名作にとって、電子書籍という枠組みが間違いなく福音であることに、もう少し目を向けてほしいと思っている。

20代の頃に読んだ翻訳モノの小説はほぼすべて絶版で手にはいらない。遺族が出版を許可しないと言われている三島由紀夫作品も古本屋に当たるしかない。ああいう貴重な文化遺産こそ電子書籍で出版してほしいのだが、実際にはゴミみたいな新刊本が紙のみで大量印字されている。オレは読まないよ。

9. 25

現職の大統領が、よりにもよって大統領選挙を「不正だ」「陰謀だ」「フェイクだ」と決めつけたことのとんでもなさと、その陰謀論に乗っかった党派や民衆が知らん顔をしている図々しさに驚かされる。陰謀論を覆した側の陣営も、あの赤っ恥を忘れたかのように振る舞っている。なぜなんだ？

もしかして、あの国は「恥ずかしいという感情をはじめから持っていない人々の陣営」と「あまりの恥ずかしさに目を閉じてしまっている人々の陣営」に分断されてしまったのだろうか。だとしたらうちの国にも起こり得る話だぞ。っていうか、すでにはじまっているのかもしれない。

9.28

北朝鮮が思い出したように発射するブツについて「ミサイルだ」「いや飛翔体だ」と意見がわかれている。物体の性質をめぐって議論するのは不毛だ。発射のタイミングから見て、自民党への宥和のサインであることは明らかで、とすれば、「祝砲」ないしは「クラッカー」と考えるのが妥当だと思う。

9.29

与野党ともに安堵している。与党支持者も胸を撫で下ろしているし、野党支持層もとりあえずはほっと一息ついている。つまり、ほぼ全員が勝利したみたいな結果に見える。ということは、全員が軽く敗北しているのかもしれない。オレは中くらいに安心して、ちょっと失望している。

＊この日行われた自民党総裁選挙で、第27代自民党総裁に岸田文雄衆議院議員が就任。立候補者は河野太郎、岸田文雄、高市早苗、野田聖子の4人で、河野太郎と岸田文雄の決戦投票となった。

2021
10.1

総選挙を控えた自民党が、資金の差配と公認権の調整を握る幹事長として、よりにもよって甘利明を起用してきたということは、彼らが変わる気持ちを持っていないということで、つまり、先日の総裁選は、選挙ポスター用のモデルオーディションに過ぎなかったのだね。

10．3

一般世間の人々が、20世紀以来の活字的な教養体系に冷淡な態度をとりはじめていることを、嘆いたりバカにしたりしているメディア業界人たちは、嘆く前に、自らを省みるべきだろう。あなたたちは、見捨てられつつある。しかも、理由はあなたたち自身のいけ好かなさのせいだったりする。

君がガチャを回した結果として親を登場させたわけではなくて、むしろ親がガチャを回して君を出したと思うのだが、オレのガチャ解釈は間違っているのか？

10．4

誰かの発言が「上から目線」であると判定されるや、あらゆる場所から糾弾の声が寄せられるようになったのは、この20年ほどのことだよね？ 20世紀の庶民は、世の中の上の方から発せられる「えらそうな」言葉を、わりと無邪気にありがたがっていたように思う。

10．5

総理会見の岸田さんは、1．自分の言葉で、2．理路整然と、3．淀みなく答えていた。しかし、その理由は、A．極めて限定された記者による　B．事前に届け出済みの　C．回答しやすい質問　だけが並んでいたからだと思う。「学術会議」「赤木ファイル」「森友」への質問が無かった。茶番だよね。

総理会見が「対決の場」でなく、「一方的な政治ショー」なのは、首相自身の個性というよりも、アベスガの8年間に、官邸側の出してくる条件（質問内容の事前提出、幹事社、人数、時間制限、更問いの禁止！　等々）にメディア側が唯々諾々《いいだくだく》と従い、恫喝と忖度の八百長会見を演出してきたからだと思う。

八百長会見すら満足にこなせなかった前任者と比べて、岸田さんが優秀であることは間違いない。ただ、彼の有能さが、真摯な質問への回答に結実せず、八百長会見の洗練に向かうのだとしたら、状況はさらに悪化することになる。なにしろ、これまで以上にボロがでなくなるわけだから。

小田嶋さんのこの予測は当たった。

2021
10. 8

単に積み重ねただけの書籍保管法は「バカ積み」「無駄積み」くらいの蔑称で迫害しないといけないいな。どこかの学者さんが機能的で頑丈な積み方を考案してくれると良いのだが。東大積みとか、スタンフォード積みとか。
「オレはＭＩＴメソッドで積んでる」とか。

10.9

自民党がDappiに代金を支払うことを通じて達成しようとしていたのが、国民世論の脱皮だとするのなら、あの党の人間にとって、人々の信念なり信条なりは、使い古しの無駄な表皮に見えていたということなのかな。ウロコはこそげ落とさないと包丁が入らない、と。

おそろしいのは、Dappiに資金を提供していた自民党が、カネとプロパガンダと宣伝と情報の力で世論を誘導できる旨を確信していた点かな。彼らは、自分たちが、ネット経由の世論誘導を「カネを使うに値する有効な運動」だと考えていることを自ら証明してみせたわけだよ。

驚くべきは、自党の政治的主張を広く国民に受け入れて欲しいというときに「固有名」において発信しないで、存在しない「他人」の口を借りたことである。それは政治家たちが自分の名前で発信するより、仮想の他人が語った方が「信じてくれる人が多い」と信じていたからである。そこまで自信を失っていたのか。

ポリコレに異を唱える人たちは、そのスタンダードに納得していないとか、表現が抑圧されることを懸念しているとかではなくて、ポリコレを言い立てる人たちが「正義」としてものを言っている、その立ち位置を憎んでいるのだと思う。つまり彼らはなんであれ「正しさ」を憎悪しているわけだよ。

だから彼らは「人権」であれ「ジェンダー平等」であれ「反差別」であれ「貧困の撲滅」であれ「フェミニズム的諸価値」であれ、とにかくもっともらしく語られる「正しさ」を揶揄嘲笑攻撃論難することにしている。自分を「冷徹」で「冷静」な「正しさに陶酔しない」論客だと思っているのだね。

正義の反対側には別の正義があるなんてことは、大人なら誰でも知っている。やっかいなのは「正義の反対は別の正義だ」てなことを鬼の首を獲ったみたいに喚《わめ》き散らす中学二年生の思い込みだよ。いまどき、自分が絶対正義であることを確信して、喚き散らして歩いてる人間なんていないよ。わかるだろ?

仮想敵として「叫ぶフェミ」だとか「パターナリズムの権化みたいなポリコレ文化人」だとかを設定しないと、自分の考えを表明できない哀れなみなさんに午後の祈りを捧げました。

「ポリティカル・コレクトネス（政治的正しさ）」はたぶんこの10年間でもっとも価値が下落した概念だと思う。もちろん、概念自体は正しい。でも、使い方がよくなかった。「ポリコレ棒」という言葉を思いついた人は、よくその消息を実感していたのだと思う。「政治的正しさ」はもっぱらそれで人を殴る「武器」として使われた。概念の使い方が悪かったということは概念それ自体が間違っていたということとは違う。それを言ったら「神」だって、「民族」だって、「主体」だって、概念としては中立的だけれども、使い方を間違えると災厄の種子になって、たくさんの人を苦しめる。

「幸福を最大化し、災厄を最小化するように正義を用いる」ためには知恵が要る。そういう基本的なことがわかっていない人たちが「正義」を振り回し、あるいは「正義」を冷笑する。どちらも幼児的なふるまいだ。

10. 16

Dappiについて「前からわかってたよ（笑）」的な反応が多いのはともかく、マジで怒っていたり、正直に驚いている人たちを冷笑するのは違うんじゃないか？ フェイクやデマを「ダマされるヤツがバカなんだよ（笑）」で総括してしまうのは、オレオレ詐欺だのDappiだのの思うツボだぞ。仲間なのか？

10. 24

なにかにつけて「党派的な罵り合いガー」てなことを言って肩をすくめる人たちが、本当にアピールしたいのは「私は、常にニュートラルで、いつも冷静で、どんな相手に対しても礼儀正しく対応することができる人間なのですよ、あははは」というメッセージだったりする。

自分以外の人間と何かについて議論するとき、あたりまえの話だけど、考え方や立場が完全に一致しているのでない限り、両者は、いくつかの「論点」や「争点」をめぐって対立することになる。この対立の構造を「党派的」だのという言葉で闇雲に忌避していたら、そもそも議論の前提が成立しないぞ。

10. 26

この5年ほど、狭い範囲のタイムラインは、リアルな顔見知り同士による挨拶と近況報告と身辺雑記情報とお世辞の交換で独占されつつある。彼らは互いの仕事を紹介・告知する作業を繰り返しながら、日常的な仲間褒めと毛づくろいに余念がない。

2021
11. 12

退院したよ～　ついでに誕生日で、65歳になったよ～

退院と誕生日におめでとうのメッセージを届けてくれたみなさまに感謝

いたします。ツイッターの世界が、まだ地獄のデスロードでなかった時代の牧歌的な空気を思い出して少しなつかしい気持ちになりました。

11. 15

憲法のどの部分をどう変えるのかによって賛否は分かれる。単に「憲法改正への賛否」では「明日の天気に賛成ですか？」と同じで、設問として意味をなさない。「改正」という用語も恣意的。改変だろ。

この設問だと「憲法改正に反対」するのは「憲法は一言一句変えてはならない」式の硬直した憲法至上主義者だけになる。たとえば「自民党の憲法改正草案への賛否」なら多少具体的になるし、「草案のどの部分に賛成し、どの部分に反対するのか」を問えば、さらにマトモなアンケートになる。

＊憲法改正「賛成」48％、「反対」31％　毎日新聞世論調査－毎日新聞
https://mainichi.jp/articles/20210502/k00/00m/010/141000c

11. 23

「労働」と「勤労」のニュアンスの違いは大きい。「労働」が働く者の主体的な意志と覚悟を感じさせるのに対して、「勤労」は、雇用され使役される者の忠誠心をアピールしている。おそらく「勤労感謝の日」を発案した人間の脳裏には「勤労奉仕」という言葉があったはずだ。

11. 27

人権侵害、性差別、民族／国籍差別などなど、対象がどんなものであれ、差別や抑圧にプロテストする活動を「キャンセルカルチャー」だとかいった、雑なタグでひとっからげにして、新たなリンチの対象にせんとしている人たちがいる。「差別抗議者差別」とでも呼んだら良いのかな。

11. 28

「差別を絶対悪とすることで、自分の中の差別感情を否認せずにおれず、それゆえ、差別を他者／悪人の感情／行動として、ひたすらに攻撃している人々」なんて、見たことがない。存在自体、机上の空論だと思う。っていうか反差別の言説や運動を揶揄嘲笑したい連中が発明した架空の人物像だよね。

大半の人間は「自分自身もまた差別感情を抱き得る存在であること」を理解しているし、だからこそ差別に抗議している。世間一般を「差別をする悪人たる他者と、差別に反対する善人としての自分たち」という二つの陣営に分類している人々なんて「反・反差別主義者」の脳内にしか存在しないぞ。

12. 8

「Aに抗議したのならBにも抗議しろよ」「Aが差別ならBだって差別だろ？」「Cの弾圧に反対の署名を集めた以上、Dの弾圧にも反対署名を集めないとスジが通らない」とか言ってる人たちって、棚に並んでいる商品を全

部買うのか、ひとつも買わないのかの選択肢しか想像できないのかな。

「ある事件を非難した場合に、それと同類の他のすべての事件も等しく非難しなければならない。それができないから、何も非難するな」というロジックのことを「そっちこそどうなんだ論法（whataboutism）」と言う。東西冷戦時代にソ連が発明して活用した論法である。欧米諸国がソ連国内での人権侵害を批判したときに、「かつて植民地で人権侵害の限りを尽くしてきた国が何をぬかす」と反論したのである。

これはきわめて有効なロジックである（だからみんなが愛用する）。原型は『聖書』にある。姦淫の罪で捕えられた女がいた。パリサイ人たちはイエスを試そうとしてこう問うた。「律法はこういう女を石打ちの刑に処するように命じていますが、あなたは何と言われますか。」イエスはこう答えた。「あなたがたのうちで罪のない者が最初に彼女に石を投げなさい。」すると一人一人その場を立ち去り、最後に誰もいなくなった。（「ヨハネによる福音書」8：7）

「罪のない者だけが人の罪を咎《とが》めることができる」という理屈は正しい。でも、正し過ぎる。これを受け入れると、この世のどんな罪でも咎めることができなくなるからである。「子どものときに万引きをした者」が「殺人を犯した者」を告発したときに「おまえだって罪人ではないか。罪人がどうして他者の罪を咎めることができるのか」と言われて、咎めるのを止めてしまったらよろしいのか。もちろん、ここはきっぱり咎めるべきなのである。にっこり笑って「バカを言うな。ものごとには程度の差というものがある」と応じればよいのである。

必要なのは「善か悪か」「真か偽か」「正か否か」の二項対立にすべてを流し込んでおいて、その上で、「二項対立は無効だから、この世には善も悪もない。真偽の別もない。正否の判定もできない」と虚無的になることではない。たいせつなのは、善悪、真偽、正否の程度差を厳密にみきわめて、90点の悪と10点の悪の間の「違い」を感知できる計量的な知性である。実際に、私たちはそうやってふだん生活している。ふだんできていることが、改まった問題になるとできないというのはおかしいだろう。

さきほどの話に戻るが、欧米諸国がソ連の人権侵害を批判する倫理的・論理的な足場は一つしかない。それは「私たちはたしかに植民地で非人道的な人権侵害を犯しました。それについて謝罪し、できる限りの補償をします」と誓言することである。そうしてはじめて他人の人権侵害について「計量的な批判」を加えることができる。

日本の「ジェンダーギャップ指数」の異様な低さは、単に男女間の平等や性差別では片付けられない。われわれの社会が人的資源をマトモに活用せず、イノベーションの機会を自ら放棄しているというお話だ。まあ、既存のエリート層にとっては、公正な競争が遮断されている現状の方が望ましいのだろうが。

12. 14
なんと。ニューカレドニアだったのか。いまのいままで、何十年間もニューカドレニアだと思っていた。天国に一番近い島の名前を間違えて記憶していたということは、たぶん天国のあり場所についてもよくわかっていなかったのだろう。

SNSは、S（私怨）N（粘着）S（錯乱）の頭文字略称だったのかな。

12. 15
消しゴムデータによる消しゴム統計。消しゴム官庁。消しゴム国家。すごいな。

＊国交省、基幹統計を無断書き換え　建設受注を二重計上、法違反の恐れ：朝日新聞デジタル
https://www.asahi.com/articles/ASPDG64YYPDGUTIL03X.html...

12. 18
30年前に比べて、日本が貧しくなったことを、私はさほど悲しんでいない。その分だけ、上品になった気がしてもいるからだ。ただ、残念なのは、この10年ほどで、われわれの国民性が卑怯になったことだ。これは、貧しさの結果というよりは、トップに立つリーダーの資質の問題なのだと思ってい

る。

「赤木ファイル」関連で原告側が求めていた損害賠償を、被告である国が全額「認諾」した件（←「隠蔽」をカネで買ったわけだよね）といい、国交省が統計の期間データを無断で改ざんしていた話（2年以上前の元データは「廃棄」するのだという）といい、つくづく卑怯な国になったと思う。

12. 21

「15%が不良品」って、工業製品の歩留まり率としてあり得ない数字だぞ。小学生の工作の宿題じゃないんだから。

＊アベノマスク「約15%が不良品」岸田総理が…－テレ朝news－テレビ朝日のニュースサイト
https://news.tv-asahi.co.jp/news_politics/articles/000239064.html…

世の中全体があきらかにひがみっぽくなってきているのは、いったいどうしたわけなんだろうか。やはり、この国の経済規模がバブル崩壊からこっち、30年間にわたってシュリンクし続けて、実質賃金が低迷しているからなのかな。

12. 23

「野党は批判ばかり」てなことを言われて恐れ入っちゃって「提案型野党」に生まれ変わろうとしているあの人たちは、たとえば、居酒屋の大将に「お客は飲むだけ」とか言われると、恐縮して厨房にすっ飛んで行って皿洗ったりするわけなのかな。

12. 26

「アベノミクス」の最大の成果は、「アベノマスク」という呼称の元ネタになったことだと思う。誰の目にも明らかな世紀の愚策に、宰相の個人名を冠してみせたわけだから、インパクトは絶大だった。個人的には、このネーミングの破壊力が、安倍政権に引導を渡したのだと考えている。

5年もしたら「アベノミクス」をおぼえている日本人はほぼ消滅する。でも「アベノマスク」は記憶に残る。だからたとえば、2027年に「アベノミクス……」と言った人間は「はぁ？　アベノマスクの間違いだろ？」「こいつアベノマスクも知らねえでやんの（笑）」と盛大に嘲笑されることになる。

12. 28

「読売」から「言」（←ごんべん）を取り払うと「売売」（うりうり）になる。なるほど。読みとしては「ばいばい」てなことになる。つまり「バイバイ新聞社」ということなのかな。今回の決断は。

＊大阪府と読売新聞大阪本社が包括連携協定を締結

1．「柔な会社」は、「ヤワなカイシャ」と読むのか？
2．ヤワな会社だから自治体と包括連携協定なんか結んだのではないか？
3．少なくともこの記事を載せてる日刊スポーツはヤワな会社だよね？
4．ともあれ読売新聞社が柔軟な会社じゃないことは理解した。

＊吉村知事「制限、優先的扱いない」大阪府と読売新聞大阪本社が包括連携協定（記事抜粋）連携により報道機関として〝自己規制〟が働くのではないかという質問に対し、読売新聞大阪本社の柴田岳社長は「ご存じのように読売新聞はそんな柔な会社ではありません」。
https://www.nikkansports.com/general/nikkan/news/202112270000896.html?utm_source=twitter&utm_medium=social&utm_campaign=nikkansports_ogp

「柔な会社」を「ヤワなカイシャ」と読ませるつもりで書いたとしたら、日刊スポーツの表記基準ならびに記者教育はユルユルのグダグダだし、自分の会社を「ヤワじゃない」と思いこんでいるのだしたら、読売新聞大阪本社の社長の自己評価はアマアマのフワフワだと思う。

権力に膝を屈してる自覚があるからこそ「ごぞんじのようにわれわれはヤワな会社じゃない」てな調子の虚勢を張ってみせているわけで、なんというのか、ニッポンのカイシャ組織のマッチョ体質って治癒不能だな。しかもその腐れマッチョがメディア企業の社長なわけだから、この話には救いがないよね。

新聞の凋落はすさまじい勢いで進行している。全国紙はどこも生き残りに必死だけれど、もうビジネスモデルとしては終わったと思う。讀賣や朝日は不動産を持っているから、それを切り売りしたり、テナント料の収入で、しばらくは新聞を出し続けることはできるだろう。あるいはここで話題になっているように行政の「広報誌」となることで延命を計ろうとすることはできるだろう。でも、それはもはや「ジャーナリズム」ではない。

新聞というメディアがビッグビジネスとして成立するようになったのは、実はそれほど昔の話ではない。アメリカで「新聞王」という称号を持つ富豪が登場したのは19世紀末である。ジョーゼフ・ピューリツァーは『ニューヨーク・ワールド』紙を買収して、スキャンダル中心の紙面に換えて購読者数を一気に40倍に増やした。ウィリアム・ハーストは『ニューヨーク・ジャーナル』紙でこれに対抗して、両紙は米西戦争前には部数を増やすために戦意高揚のデマ記事を書きまくり「イエロー・ジャーナリズム」という言葉を生み出した。

そういうビジネスモデルの歴史的使命が終わったということである。それ以前にも「イエロー」ではない新聞はいくつもあった（マルクスが400本の記事を寄稿した『ニューヨーク・トリビューン』とか）。でも、残念ながらそういう良質な新聞は巨大な利益をもたらすビジネスにはならなかった。

これからもたぶんそのあたりの事情は変わらない。ジャーナリズムで巨富を積むことはもう難しい。でも、良質なジャーナリズムを求める人たちの数はいつもいる。そのような読者を掘り起こす努力をする新聞だけに「生き残る価値」がある。

12. 30

以下に示すスクリーンショットは、いずれも報知新聞の見出しなのですが、果たしてこのヘッドラインの行間から漂ってくるニュアンスが、読売新聞大阪本社と大阪府の間で締結された包括連携協定と無関係であるのかどうか、わたくしはすこしく疑問に思っています。

＊https://pic.twitter.com/mkD1zlPndz

21世紀も20年を経過したいまこの時に、「黄色い声」だのという見出しを打っている時点で、メディアとして完全に腐っていると思う。だって「黄色い声」だぜ。この半世紀ほど聞いたこともなければ見かけたこともない言い回しだぞ。黄色い声って。

12. 31

来年は、「黄色い声」と「キャー！」を新語・流行語大賞に送りこもう。

なんなら「ゆうもあ大賞」でもかまわない。どっちにしても極めてふさわしいと思う。キャー！

年賀状は出さない。返事も書かない。返事くらい書いても良さそうなものなのだが、書かない。単に面倒くさいからではない。義理にからんだ交際を廃絶するべく心を鬼にしている。もっとも、妻が気を回して返事を書くかもしれない。その際は、事故だと思って勘弁してほしい。妻には感謝している。

うがった解釈をすればだが、報知新聞のデスク氏は自分たちの配信している記事が「イエロー・ジャーナリズム」そのものであることを自覚しつつ、世界に向けて悲鳴を届ける意味で「黄色い声」をあげているのかもしれない。うん。君の気持ちはわかるぞ。精一杯抵抗してくれ。応援している。

2022

1．1

あけましておめでとうございます（黄色い声で）。

みんな、黄色い声でオレにおめでとうを言ってくれ。新年最初のお願いだ。よろしく。

1．3

これ、デジタルのデータが残っていないどころか、デジタルで集計する以前の元データそのものが既にインチキだったということだよね。

見出しを「改ざん」でなく「書き換え」としている点に「忖度」を感じる。単に「書き換え」では、「煩雑な表記を整理した」「誤記を訂正した」「清書した」くらいに読むことも可能だ。国交省が「統計結果の操作を狙って悪意ある意図的な元データ改ざん」をした点は明確に表現したい。

＊書き換え統計、大半の復元困難　国交省に元の調査票・写しなく－毎日新聞 https://mainichi.jp/articles/20220102/k00/00m/040/112000c…

弱者に寄り添うことを、いわゆる「インテリ」の義務（少なくとも「望ましいポーズ」）としていた昭和の時代は過ぎ去った。で、21世紀の不遇なインテリは気取る余裕を持っていない。むしろ偽善を憎んでいる。と、インテリの偽善を主成分としていた戦後民主主義は退潮せざるを得ない。

戦後民主主義が「インテリの偽善」を主成分としていたという小田嶋さんの指摘は正しい。でも、戦中派インテリたちがことさらに「善いこと」をしようとしたのは、自分たちが戦前・戦中にしてきた「善くないこと」とトレードオフだったと私は思う。

私は小田嶋さんより6歳年長なので、戦中派との接点はだいぶ親密である。私が子どもの頃の小学校中学校の男性教員のほとんどは軍隊経験者だった。でも、彼らは自分たちの戦争経験については何も語らなかった。そして、前にも書いたとおり、彼らは私たち子どもに向かっては「勇気を持て」とか「正直に生きろ」とか「人に親切にしろ」とか「きれいごと」をことあるごとに命じていた。あれはどれも「自分たちにはできなかったこと」だったのだと思う。「自分たちがそれをしなかったために、戦争を止めることができなかった」という深い悔いが戦中派の「偽善」を駆動していたというのが私の理解である。

だから、戦中派が死に絶えると同時にほぼ完全に「やせ我慢をしてでも、善いことを言う」という風儀も廃れた。それは私たち戦後世代が、戦中派の「偽善」的なメッセージをそれほどまじめに受け取らなかったからだ。すまないことをしたと今では思う。もう少しまじめに話を聴けばよかった。

1．4

20年ほど前まで「テレビがバカなのはバカが見ているからで、そのバカに向けて作られているからバカな番組が流れている」と思っていた。でも、最近は、そういうまわりくどい考え方は採用していない。単純に「バカが作っているからバカなものができあがってくる」と考えている。

五輪＋五輪＝十輪　∴東京五輪＋札幌五輪＝人権蹂躙

1．9

通り一遍の謝罪文の朗読とは別に、スタッフが「五輪反対デモの参加者にカネが支払われていた」という話を信じたのはなぜか。デモ参加者を名乗るインタビュー回答者を連れてきたのは誰か。字幕は誰が書き、誰が事実確認したのか……等々を検証する番組を制作／配信すべきだと思うのだが。

メディアが信用を失うことは、人々が人間を信じなくなることだと思うぞ。

五輪組織委とＪＯＣは、招致の段階から、ウソをバラまき、あらゆる細部をウソで固めてきた。今回の番組は、そのウソの総仕上げである公式記録映画に、もっともらしい前提を与えるための歴史修正作業だと思う。そういう意味で、ＮＨＫは、国家ぐるみのウソに巻き込まれた被害者でもある。

＊２０２１年末にＮＨＫ　ＢＳ１スペシャルで放送された「河瀬直美が見つめた東京五輪」の番組内で、五輪反対デモの参加者へのインタビュー映像に「実はお金をもらって動員されていると打ち明けた」という字幕がつけられたが、放送後の調査により、実際にはその男性が東京五輪反対デモに参加したかどうかを担当ディレクターが確認していなかったことが判明した。

五輪報道において日本のメディアの質的劣化は決定づけられたと思う。すべての大手メディアが五輪の「主催者側」なのだから、五輪について批判的な報道が制度的に抑圧されていたことは当然である。でも、巨額の税金を投じる、巨大な国家的事業について「批判的な報道」が制度的に抑圧される仕組みに加担することを決意した時点で、大手メディアはその歴史的使命を終えたのだと思う。自分から進んで「書けないネタ」を増やすというのはジャーナリズムの自殺だということにどうして気づかずにいられたのだろう。

2022　1. 10

まぎれもない「不正会計」を「不適切会計」なる言葉で矮小化して伝えたテレビ局が、自分たちのやらかした「デマ拡散」を「不適切字幕」という用語で糊塗したあげくに、実態を隠蔽したカタチでの形式的な謝罪を強行しているわけだよね。誰がこんな公共放送を信じるんだ？

「不適切」という言い方を警戒しないといけない。この言葉は、「ついうっかり間違えました」的な、犯意を隠蔽する意図を含んでいる。このデンで行けば「窃盗」は「不適切物品入手」になるし、「詐欺」は「不適切説明」で逃げ切れる。「強姦」も「不適切接触」でイケるんじゃないか？

不適切公共放送だな。

言葉を扱う専門家であるはずの放送局の人間が「不適切字幕」なんていう言葉を使うことに抵抗を感じなかったのだろうかね。

ふと気がつくと、ツイッターの世界は、いわゆる「ポリコレ」に配慮する態度を「ビビっている」「良識におもねってる」「インテリぶってやがる」「正義に酔っている」「告発の快感に嗜癖してる」と見なす連中だらけだ。まるで、校則違反の派手な靴下を履くとヒーローになれる中学校の教室みたいだよ。

「ポリコレ」という用語を、ほとんど「偽善」と同じ語感で使用して恥じないインテリも絶賛増加中ですね。非行グループのＢＢＱに呼ばれたことを自慢したがる進学校の落ちこぼれ的な立ち位置ですよ。

「お気持ち正義棒」みたいな言葉を使う人たちが振り回している「オレの

目にはリアルが見えてるんだぜ棒」に、いちいち対応するのが面倒くさいのでミュート棒を発動している。

小田嶋さんは「ポリコレに怯える態度」を疎ましく思っていたが、「ポリコレに配慮する態度を冷笑する中二的マチスモ」はそれ以上に疎ましく思っていた。それは「校則違反の派手な靴下」という絶妙な例をあげていることから分かる通り、彼らが「（強固な）校則そのもの」ではなく、「校則に従う（弱い）人間」を標的にしているからである。

「歴史認識に基づき事実集めて検証進め」って、順序が逆だろ。「事実に基づき検証を進めて歴史認識に至る」のが本筋の歴史学だよね？　歴史認識が先にあって、それに合致する事実やらデータを集めに行く態度は、それこそ「チェリーピッキング」と呼ばれても仕方がないぞ。

龍陽⛵海容@unbonvinblanc
しかし…佐渡島《さどがしま》の金山の世界遺産指定にからんでＮＨＫの「シブ5時」で岩田明子記者が「歴史戦」について解説してるんだけど、俺「歴史戦」って「正論」とか「Hanada」とか「WiLL」とかの雑誌で拝見する用語であって、まさか公共放送たるＮＨＫでこんなイラストつきで解説されるとは。

歴史戦：過去の事実である歴史を、現在の政権にとって都合の良い解釈に合致させるべく改ざんすること。つまり歴史に対する戦い。

「歴史戦」というのは、言い換えると、「歴史についてはさまざまな解釈があり、どの解釈にも『唯一無二の歴史的事実』を僭称する権利はない。それゆえ、みんなそれぞれ自分勝手に好きな歴史解釈を述べ立て、その中で一番声の大きなものが勝つ」という知性に対する虚無的な態度のことだと私も思う。端的に「反知性主義的」な名乗りである。そんな言葉をＮＨＫは放送したのである。

1. 31

ここへ来て、少なからぬ数の腐れインテリが「オレは早い時期からＣＯＶＩＤ-19をこわがることのナンセンスさに気づいていた」てな調子の手柄争い（というのか見栄の張り合い）に狂奔しはじめている。しかも、その「早い時期から」の時期をなんとか早めるべく証拠を作りにかかっている。

2. 6

橋下徹氏がテレビに接近しているというよりは、テレビという媒体が、彼のような人物を展示する悪趣味な見世物小屋に転落したと見るのが妥当なのだろうね。そうでなくても、マトモな人間は、もはやワイドショーのコメンテーターなんか引き受けないよ。

2.8

この半年ほど、世間の空気を眺めていて思うのは、インテリとマスコミを攻撃していれば、とりあえずの支持層が獲得できてしまう風潮が蔓延していることかな。

衰退期の社会では、かつて輝いていた人々や階層や概念を、引きずり降ろして踏みつけにする運動が、人々を熱狂させる……って誰が言ったのかはともかく、本当のことだと思う。ってか、オレが言ってるんだけどさ。

逆張りの半可インテリがしたり顔で説教を垂れ流して歩くことは、もはやとどめようがないのだろうね。

「衰退期の社会では」という小田嶋さんの指摘はその通りだと思う。もちろん、いつの時代でも、それ以前の時代に「輝いていたもの」はその神通力を失って、「歴史のゴミ箱」に投じられる。でも、「興隆期の社会」では、次々と新しく「輝くもの」が登場してくるので、「…はもう古い。…はもう終わった」というタイプの否定的な言明そのものがさしてインパクトを持たなくなる。そんなことはもうみんなわかっているからである。それより新しく生まれて来たものに興味が集まる。それが「興隆期」だ。

「衰退期」というのはもう新しいものが生まれて来ない時代のことである。たしかに「かつて輝いていたもの」はその輝きを失ったのだけれど、次の「輝くもの」が出てこない。だから、いつまでも「輝きを失ったもの」を罵ったり、足蹴にしたりするしか、することがないのである。「古いもの」を手際よく破壊することはできるが、「新しいもの」を創造することはできない人たちがいつまでも舞台から下りないのが「衰退期」の特徴である。

2. 10

テレビ画面でサッカーの勝敗予測を披露することと、ワイドショー経由とはいえ、素人がオミクロン株のピークアウト予報だのを拡散するのは、前提からしてまったく違う話だぞ。前者は予測やその根拠やハズれっぷりを楽しむ娯楽の一環だけど、後者は国民の生命と健康と経済を弄ぶ暴挙なのだからして。

2. 11

字幕の「誤り」は、一番最初に判明している。大切なのは、その「誤り」が、いかなる背景／狙い／思惑をもって、誰の指示／責任において放送されたのかだ。

＊五輪番組字幕の内容は「誤り」とＮＨＫが初めて認める　ディレクターら懲戒処分：東京新聞
TOKYO Web https://www.tokyo-np.co.jp/article/159515

世間をあざむいておいて「間違えました」なんていう言い訳が、そのまんままかり通るとでも思っているのだろうか。ＮＨＫの失墜は先刻承知だったわけだが、自局の失策をリカバーするマトモな釈明すらできない組織に成り下がっていたとは。びっくりだよ。

ＮＨＫが、あのケチくさいデマを拡散する放送で、視聴者をだましたことは、凶悪な所業だった。でも、そんなことより、あの番組を制作・配信した関係者は、自分たちが、基本的には誠実に働いているはずのＮＨＫのすべての職員に、取り返しのつかない赤っ恥をかかせたことを、ぜひ自覚してほしい。

2. 13

スポーツ紙のコタツ記事は、テレビ番組の書き起こし→半端インフルエンサーのツイッター転記→調子ぶっこいたYouTube配信の丸写し…てな調子で、ネタ元から順調に劣化してきている。

2. 20

「維新禍」という言葉が使われはじめるべきだな。

2022

維新の政治家って「稼いでいるのはオレたち営業なんだから、総務も人事も全部ツブせ」とか言ってるバカ企業のバカ営業部員とどこが違うんだろうか。

現在進行系の患者を救っているのは、満床のベッドかもしれない。でも、非常時の患者を救うのは、空きベッドだぞ。同様に、近未来の生命は待機／休養中の保健所／職員が支えている。「身を切る改革」だとか言って医療システムの冗長性を切り捨てた維新は、大阪の未来を売り払ったのだぞ。

システム設計を知る人間なら、「データの二重化」「トラブル時の回避先」といった、一見「無駄」に見える「冗長性」の重要さを意識しているはずなのだが、バカな経営者や為政者は、コスト削減しか考えない。で、ギリギリの予算／納期／人員でシステムを構築して、案の定瓦解する。みずほを見ろよ。

2.23

経済学には「スラック（slack）」という概念がある。「システムの余裕・余力」という意味である。「何かあった時」に備えて医療資源を確保しておいたり、「何かあった時」のために病床を確保したり、「何かあった時」のために医療従事者を雇っておくのが「スラック」である。「スラック」は「何もない時」には使い道がない。だから、平時においては「無駄」になる。今回のコロナ禍の前まで、アメリカの病院経営者の多くは「医薬品在庫ゼロ」「病床稼働率１００％」を理想としていた。そのせいでアメリカは感染初期には世界最多の死者を出すことになった。

問題は「平時」と「非常時」では、何が役に立つのか、その基準が変わるということである。平時で無用のものが非常時では必須のものになるということがある。だから、「何かあった時に必要になるもの」は平時においては無用でも「スラック」として確保しておく。それがシステム管理の要諦である。

でも、日本社会には、「スラック」も「リスクヘッジ」も「フェイルセーフ」も、およそ「非常時のための備え」という発想がない。これははっきりと「ない」と言い切ってよい。それは福島の原発事故を見ればわかる。あのときは「想定外の津波が来たので全電源喪失した」という言い訳がなされた。だが、「非常時に備える」というのは「想定外」という語を口にしないように最大限の努力をすることである。そういう言葉がさらりと出てきてしまう人間には「非常時」を任せることはできない。でも、日本社会には「非常時対応」という言葉そのものがない。だから、この次に「非常時」を迎える時も日本人は「想定外」の出来事の奔流に押し流されることになるだろう。

ウクライナ情勢を受けて、「憲法９条の具体的な効果」を揶揄嘲笑するツイートが各方面から多投されている次第なのだが、仮に９条に実質的な影響

力が宿っているのだとしたら、この調査結果こそ「９条がもたらしたもの」なんではなかろうかね。

「９条がもたらしたもの」のところは、より丁寧かつ正確に「９条がわが国の国民にもたらしている福音」あるいは「９条が国際社会に示した平和への意思」と書くべきだったな。でないと、最初の引用元の主張である「９条はＧＨＱが行なった洗脳工作なのだ」を追認してるように読めてしまう。

戦争みたいなことがはじまると、急にダンマリをきめこみにかかる知識人アカウントがいる。「反戦」だとか「平和」みたいな「見え透いた正義」の側に立つことを恥じているのかな？　オレはこういう時にこそ単純な正義の側に立つことが知識人のつとめだと思うんだけどね。

「単純な正義の側に立つ」ことが知識人のつとめだという言明に、私は完全には同意することができない。でも、「その時代において支配的な言説に対して、（必ずしも同意していなくても）少数派の側の言い分にチャンスを与える」ことは知識人のつとめだと思う。その意味では今の日本で「反戦、平和」という少数意見の側に立つのは知識人として正しい立ち位置である。

3. 2

「与党が持ち出しにくい案件を野党から提案する」ってところがミソなんだろうな。客分が鉄砲玉を経て組の者になる道筋だわな。

＊維新、「非核三原則見直し」「核共有」の議論求める　政府に提言へ（朝日新聞デジタル）#Yahooニュース https://news.yahoo.co.jp/articles/8590edf033c34d284500b42d0587f358d7a5e36d...

3. 4

うっかり核兵器を共有したりすると、「ターゲットはここですよ」と、敵の攻撃を誘発することになるわけで、かえって危険な気がするのだが、そういうことってないのかな。要するに、米軍がヤバい防衛線を国外（それも自国からなるべく遠い辺境）に置きたいだけなのではなかろうか。

3. 7

野球やサッカーの勝敗予測だとかドラマの感想だとかについて、素人が思いつきで何かを言うのはかまわない。でも、核兵器を前提とした防衛戦略私案だの蔓延中のウイルスのピークアウト予測だのを、知識も責任も持っていない言い逃げのド素人がカマすしぐさが、暴挙であることは自覚してもらいたい。

3. 8

責任を帯びているわけでもなければ、覚悟も見識もないくせに虚栄心と承認欲求を肥大させている無知蒙昧《もうまい》なド素人が、公共的なメディアを通じて世界に向かって説教をカマしはじめたら、MCなり司会者なりが「おまえの独自見解なんか誰もきいてないいんだよ！」と言ってあげないといけない。

3.16

ウクライナ国民に向かって「勝てませんよ」と言ってしまえる自分は、空疎な建前を並べるだけのお花畑の理想主義者や、机の上の理屈に拘泥するばかりで戦場の過酷さを知らない視野の狭い学者連中とは違って、リアルな現実認識と冷徹な政治的分析を提供できる実務派なのだぞ……という妄想ががが

この手の「リアリスト」の陥る典型的なピットフォールは、「人類創生以来存在するもの」と「数百年前に登場したもの」と「少し前に現れたもの」と「昨日現れたもの」をひとしなみに「リアリティー」として等価に扱う傾向である。

親族や言語や交換は「人類創生以来のもの」である。国民国家や資本主義は「数百年前からのもの」である。ウクライナの東部四州の領土問題は「少し前に現実化したもの」である。前線への戦車やミサイルの配備は「昨日の出来事」である。目の前の現実は「なかなか変化しないもの」と「すぐ変化するもの」が渾然一体となっている。そして、まこと

に興味深いことに、「リアリスト」たちはなぜか「すぐ変化するもの」に過剰に高い価値を賦与する。

どうして「すぐに変化すること」の現実性をそれほど過大評価するのか、私には意味がわからない。それよりは「常数的な現実」がなぜ「常数的」であるかを分析する方がずっと費用対効果がよいと思うのだけれど、「リアリスト」たちはそういう仕事にはあまり（ぜんぜん）興味を示さない。

たぶん私たちの社会の「リアリスト」たちは、主に「誰も知らない裏事情に通じている」という速報性と事情通性において素人と自分たちを差別化し、その水位差を生業にしているからだろう。

3. 17
2022

あの頃の未来に、いま自分たちが立っていることを、ウラジーミルのマブダチだったあの男は、ほんの少しでも、理解しているのだろうか。

COVID-19とウクライナ紛争をめぐる大量の報道にポジティブな側面があったのだとすれば、偽物の論客をあぶりだしたことだろうな。おかげで、フェイク情報を流しまくるあほんだらや、目立ちたい一心で思いつきの独自見解を連呼して恥じない軽薄なド素人をずいぶんリストアップすることができた。

いわゆる「トリクルダウン理論」は「オレが食べた後に消化した分を分けてやるぞ」というスジのハナシなわけで、それ、要するに「うんこ」のことだよね。つまり、先行利得を確保しに行ってる富裕層は、より貧しい連中に「くそくらえ」と言い放っているのだとオレは思うよ。

3.18

【告知】毎週、金曜日の午前8時を目安に、新規更新分コラムの無料閲覧リンクをご案内しておったのですが、今週は、疲労気味（←ニューマシンの導入に伴うセッティング地獄などで疲れました）なので休載いたします。「お休みをいただく」という言い方はしません。誰にいただくわけでもないので。

「お休みをいただく」は、年期奉公の丁稚《でっち》が言うセリフだよ。この国の労働者はいつまでたっても「御恩奉公」の奴隷根性というのか、お家大事の腐れ武家意識から逃れ得ていない。ついでに言えば、書き手は読者に書かせてもらっているわけではない。なんでもかんでも「させていただく」のは違うぞ。

3.20

かれこれ2週間以上にわたって、ウクライナ政府への降伏勧告を引っ込めようとせず、西側諸国への謎の説教をカマし続けている橋下徹氏が、右派の論客に見捨てられつつあるのは、まあ当然の展開なのだとして、今後期待されるのは、あの男を切れずにいるフジテレビを一般視聴者が見限ることかな。

補足しておくと、橋下徹氏は、右派の論壇から見限られていますが、かといって左派の支持や共感を獲得しているのではありません。蛇蝎の如くに嫌われています。あたりまえです。思想の左右を問わず、誰であれ卑怯者とウソツキとクソ野郎は大嫌いだからです。

ウクライナにとっての降伏は、ホールドアップの暴漢に殺されないために観光客があらかじめポケットに入れておく20ドル紙幣よりずっと重いものだ。「現実を見ろよ」派の言う「正義のため戦ったところで殺されたらモトもコもないだろ?」式の見方が見落としているのはこの点だと思う。

20ドルですべてが丸く収まるのなら誰だって差し出すよ。問題は「ここは20ドル出しとけよ」てな調子で交渉をまとめにかかってくる仲介人が脅迫者の手先であることと、20ドルが頭金にしかならない点だよ。

「バカであるがゆえの逆張り」を一言で表現する言葉が案出されるべきだ

な。

「逆張り」という言葉が言論について定着したのは、いつからだろう。たぶん、この数年のことだと思う。本来は相場の用語で、「良い時に売り、悪い時に買うこと」を指す。でも、日本の言論で「逆張り」という言葉を使うときは、「政治的に正しくないこと」を声高に主張することを言う。ただし、彼らのする「逆張り」というのは「権力者が行う『政治的に正しくないこと』を擁護すること」である。だから、「バカであるがゆえの逆張り」を一言でいえば、それは「阿諛《あゆ》追従」（おもねり媚びへつらうこと）という古い漢語で用が足りると私は思う。

3．22

電力不足が懸念されていることでもあるので、ＮＨＫをはじめとするテレビ局は、この際、放送を休止したらどうだろうか。というよりも、彼らが多少とも社会に貢献する手段があるとしたら休むことくらいしかないと思う。

さきほど食事中にテレビを見ていたら、家庭でできる電力節約の一例として「テレビの明るさを調整する」対応をすすめていた。「消せば良いんじゃね？」と思ったので、そのままスイッチをＯＦＦにしたよ。

3. 23

tkckw@take190z
中絶するのに医師から男性（元恋人）のサインを求められ、同意書を貰えないまま中絶可能な時期を逃し死産したという事案をどう考えるか問われ「人間様々なそういう悩みや苦しみを、あるいは悲しみというものを持って生きるもんだろうと言うことだと思います。」と返答した法務大臣。開いた口が塞がらない

＊https://twitter.com/emil418/status/1504039298341158915...

法務大臣って、いつの間にやら、草野球で言う「ライパチ」（守備がライトで打順が8番の野球が苦手な人）のポジションになっていたのだろうか。ここしばらくトンデモな大臣はここに集中している気がする。

まあ、アレだ。この10年ほど、法務大臣は「総理（元総理）を検察の捜査から守ることが唯一最大の任務であるみたいなポスト」に成り下がっているわけだから、当然、マトモな政治家は引き受けない、と、そう考えて差し上げるべきなのだろうな。

3. 24

なるほど。このハナシを持ち出すのが当初からの狙い（あるいは「役割」）だったわけなのだな。

＊橋下徹氏　もし領土が侵略されたら…日本の集団的自衛権に「もっと幅広く認めていくような議論が必要に」（スポニチアネックス）
#Yahooニュース https://news.yahoo.co.jp/articles/9cdc8d9790ca7bc53c2da67288d76ff5b224da20…

つまり、これまでこの男が悪評サクサクの中で延々と繰り返してきた「ウクライナへの降伏勧告論」ならびに「NATO・ロシア間での政治的妥結のすすめ」あたりのネタは、長い前フリだったというわけだ。

3. 26

橋下徹@hashimoto_lo
いざ戦争になれば、一般市民の犠牲をいかに少なくするか、そのためには逃げることがいかに重要かが今回のウクライナ戦争ではっきりしたはず。日本の戦争指導にはその点が欠如している。
＊前7：31・2022年3月26日

「日本の戦争指導にはそれが欠如している」とか断言しちゃってるけど、このヒトの言ってる「日本の戦争指導」って、誰が誰に対して展開しているどんな種類の指導なのだろうか。

ところで、橋下徹さんは「日本の戦争指導」を自分が主導したいとお考えなのでしょうかね。

1．軍事的に優位な相手には降伏せよ
2．相手を叩きつぶす覚悟がないのなら言いなりになれ
3．核兵器を使わせず、市民の犠牲を避けるべく逃げろ
てな調子の論陣を張ってるけど、要するに
4．仮想敵国を圧倒する軍事力を持て
5．核武装こそが平和への道だぞ
と言いたいわけだよね。

「お花畑」「学級委員」「学者」「評論家」「専門家」を軽蔑してやまないあの男は、どうやら自分を「冷徹」な「リアリスト」の「政治家」に分類している。しかも「政治」は、相手の「力量」と「弱点」と「利害」を勘案して「交渉（ディール）」のできる人間、すなわち弁護士の仕事だと考えている。

「耳に心地よい理想だの正義だのに逃避せずに、残酷で醜悪な世界の真実を直視しているオレは冷徹で肝の据わったリアリストだ」と思っているあのお子さんたちは、実のところ、理想や正義を追求し実現する困難から逃避して、世の中の不公正や残酷さを放置している意気地なしなのだぞ。

3.29

橋下徹@hashimoto_lo
成熟した民主国家においては一般市民の犠牲を度外視した戦争指導はあり得ない。現代は中世や第二次世界大戦時とは異なる。戦争映画の世界とも異なる。

「戦争指導」という言葉がひとり歩きを始めている。というよりも、ウクライナでの戦争にかこつけて「戦争指導」なる新概念を「政治家の役割」として定着させるべく連呼している人物が現れたと考えるべきなのだろうな。

戦争指導ってなんだよ。「戦争の防ぎ方と始め方と止め方と宣伝の仕方についてては弁護士であり政治家でもあるオレが専門家なんでよろしくな」ってことか？

戦争を究極の「ディール」と定義している戦略家ワナビーは、戦争を防いだりはじめたり中断したり再開したり、終結のための条件を出し入れしたりすることで、最終的には国家間の条件闘争の具として効果的に利用した者が勝利すると思っていたりするのかな。

そもそも、「成熟した民主国家」に「戦争指導」なんて存在しないぞ。偶発的な事情で、戦争が起こってしまうこと自体はあり得るにしても、戦争は、誰かが立案したり計画したり指導するものではない。誰が「失敗」や「事故」や「死」を計画し、指導するというのだ？

3.30 なんにしてもヤカラホモソーシャル（いま作った言葉だけどさ）の言葉がメディアを席巻している現状はなげかわしい。

「話（はなし）」と書くと名詞の「はなし」で、動詞の「話す」の場合、語幹が「はな」に、送り仮名の「す」が付く形になる。だから「はなしました」は、「話しました」と書く。で、「はなししました」と「はなしました」は、どちらも「話しました」になる。とてもわかりにくい。大嫌いな漢字です。

ついでにもうひとつ、「行く（いく）」「行う（おこなう）」「行った（いった）」「行った（おこなった）」も気持ち悪いですね。どうしてこういうまぎらわしい言葉を改めないのだろう。

4. 5 戦争がはじまると、正気を失う人があらわれる。遠い国の戦争であってもだ。正気を失った人間が戦争を起こすだけではない。戦争には人間が本来持っている正気を喪失させる作用がある。

2022

戦争がはじまると、正気を失う人があらわれる。ほんとうにそうだ。戦争というのは、法律や常識が無効になる状況のことである。言い方を変えれば、法律や常識が有効な場では処罰される行為が許される状況のことである。そういう状況になると、いきなり人格が変容する人間がいる。これは、そういう場を経験したことのない人には呑み込みにくい話だと思うけれど、ほんとうにそうなのだ。ふだん、穏やかであったり、内気であったりする男が、いきなり目を血走らせて、節度のない暴力や破壊を自分に許すことがある。ふつうはそういうふるまいは刑事罰の対象になるので、損得計算のできる人は自制する。でも、「いまなら刑事罰の対象にならない」とわかると、計算ずくで暴力衝動を解除できる人間がいる。

戦争はそういう人間を大量に、組織的に生み出す仕掛けである。私が戦争において最も憎むのはそのことである。遠い国の戦争であっても、そこでは「刑事罰の対象にならない暴力」がふるわれていることを感知するとつい「正気を失う」人たちがいる。そういう人たちはいわば「正気の失い方」とはどういうものか、そのモデルになっているのである。人前に出てくるべきではないと思う。

4.8

【告知】本日より入院しています。関係各方面の皆様には、追って個別に

ご連絡いたします。あしからず。

5. 11

退院したよ～
関係各方面には、当方からあらためてご連絡します。悪しからず。

あたたかいご返信をたくさんいただいて、ガラにもなく感激しています。ひとつひとつのリプライに返事を書くことはできませんが、みなさまのお言葉は記憶しておきます。ありがとうございます。

5. 13

約40日ぶりにMacminiを立ち上げたぞ。

こうして愛用の椅子に座ってみると、病院のベッドや椅子（←座面にビニールレザーを張っただけの汎用品）に座って作業をすることが、患者に巨大なストレスをもたらしていた事実に、あらためて気付かされる。病院の設備って、部屋が多少良くなっても基本は規格品だからね。

「そもそも病室が仕事をするための場所じゃない」ことを踏まえた上での発言を理解しない人間がいる、という学びを得た。

5. 17

退院はしたものの、文字を読むのがわりと苦痛です。タイプするのはさらにキツい。なのでツイートの頻度が落ちています。いずれ復帰する所存です。よろしくね♡。…以上、ちょっと甘ったれてみました。

あるフォロワーさんのオススメに従って、音声入力を試しています。なるほど結構使えるっぽいな。

ともあれ、関係各方面の皆様には、しばらく仕事はできないことをお知らせしておきたいと思います。

もちろん無理をするつもりはありませんし、無理ができる状況でもないのですが、それはそれとして、「無理をするな」というアドバイスがいくつか続くと、地味にコタえるものですね。

音声入力をお勧めくださった方に感謝します。Macを新調してみると、これはこれで、結構使えますね。

5. 30

私が拡散した、よくある「新作小説の告知ツイート」を「怪文書」として受け止めた人々がいらっしゃるようです。日本語は難しいですね。勉強になりました。

6. 10

『東京四次元紀行』について、ご意見ご要望、またはご感想などございいましたら、@tako_ashi宛で送ってください。お願いします。自分からメンションを探しに行くのが、大変になっているので。

7. 2 本日小田嶋隆送別会が終了致しました。今までどうもありがとうございました。
本人のTwitter・ブログ等はこのまま残しておく予定です。
よろしくよろしく。

おわりに

小田嶋さんは２０２２年の６月24日に亡くなった。最後の７月２日の書き込みをしたのは奥さまの美香子さんだと思う。私と平川克美君は亡くなる11日前の６月13日に赤羽のご自宅を訪ねた。

小田嶋さんはもうベッドに仰臥《ぎょうが》するだけで、酸素吸入をしてかろうじて呼吸をしている状態だった。それでも、私たちの来訪を喜んでくれて、半身を起こして、「こんなふうに寝ていると、誰かとバカ話がしたくなるんですよ」とかすれ声で言った。平川君も私も、これが小田嶋さんと会う最後の機会になるということはわかっていた。だったら、そのリクエストに応えて、できるだけ「バカ話」をしようと思った。

でも、小田嶋さんがそのときに選んだ話題は「文学」だった。

小田嶋さんが死の床でその文学的偉業を絶賛したのは橋本治さんだった。小田嶋さんは、橋本さんの『革命的半ズボン主義宣言』（冬樹社１９８４年／河出文庫１９９１年）について、それがいかに深い批評性をもつ作品であるかを苦しい息の下で熱く語ってくれた。

私はそれまで小田嶋さんが橋本さんのことをこれほど高く評価しているとは知らなかった。そして、そのときはじめて小田嶋さんが「橋本治の系譜」を継ぐ意志があったことを知った。そのことを死ぬ前に誰かに（できたら橋本治と小田嶋隆の両方を知る人間に）伝えておきたかったのだと思う。

小田嶋さんは人生の最期のときにあたって、自分自身が日本の文学史・思想史において、どういう位置に立つ人間だったのか改めて総括したかったのだと思う。でも、彼は含羞《がんしゅう》の人だから、いくら平川君と私が相手でも、そんなことを自分から話題にするようなことはできない。だから、あえて「バカ話をしたい」と言ったのだと思う。「あまりまじめにとらないでくださいよ」という限定をつけながら、最後に1時間近く文学について熱く深く語ってくれた。とても貴重な時間だった。最後に友人たちに豊かな贈り物を遺して小田嶋さんは亡くなった。鮮やかな生き方だったと思う。

今回、小田嶋さんがTwitterに残したいくつかのテクストに私が「リプライをする」というかたちで一冊を編んだ。このやりとりが読者にとって興味深いものになったかどうか、それについてはあまり自信がない。たぶん多くの読者は「内田はしゃべり過ぎだよ」という感想を抱いたと思う。でも、私たちがおしゃべりをするときは、だいたい「こんな感じ」だったのである。死せる小田嶋隆と想像的におしゃべりをするという仕事を私は楽しむことができた。こんな勝手なアイディアで遺稿を利用することを許してくれた小田嶋美香子さんと、編集の穂原俊二さんとに改めて感謝の意を表したい。

小田嶋 隆（おだじま・たかし）

１９５６（昭和31）年東京赤羽生まれ。稀代のコラムニスト。早稲田大学教育学部卒業。著作に『我が心はＩＣにあらず』（ＢＮＮ、のち光文社文庫）、『パソコンゲーマーは眠らない』（朝日新聞社）、『小田嶋隆のコラム道』（ミシマ社）、『ポエムに万歳！』（新潮社）、『ア・ピース・オブ・警句』（日経ＢＰ社）、『日本語を、取り戻す。』『諦念後』（共に亜紀書房）、『災間の唄』（武田砂鉄・編纂＆解説。サイゾー）、『小田嶋隆のコラムの向こう側』（ミシマ社）、『東京四次元紀行』、『小田嶋隆の友達論』『小田嶋隆の学歴論』（以上、イースト・プレス）など多数。２０２２年病気のため死去。

内田樹（うちだ・たつる）

1950（昭和25）年東京都生まれ。神戸女学院大学名誉教授。東京都立大学人文科学研究科博士課程中退。専門はフランス文学・哲学、武道論、教育論など。神戸市で武道と哲学研究のための学塾凱風館を主宰。合気道七段。第六回小林秀雄賞（『私家版・ユダヤ文化論』文藝春秋）、2010年新書大賞（『日本辺境論』新潮社）、第三回伊丹十三賞を受賞。主著に『ためらいの倫理学』（KADOKAWA）、『先生はえらい』（筑摩書房）、『レヴィナスと愛の現象学』、『寝ながら学べる構造主義』（共に文藝春秋）など。近著に『レヴィナスの時間論』（新教出版社）、『勇気論』（光文社）ほか。

小田嶋隆と対話する

発行日　2024年5月23日　第1刷発行

著者　内田樹

編集発行人　穂原俊二

発行所　株式会社イースト・プレス
〒101-0051 東京都千代田区神田神保町 2-4-7 久月神田ビル
TEL 03-5213-4700　FAX 03-5213-4701

印刷・製本　中央精版印刷株式会社

ISBN978-4-7816-2303-0 C0095